UNA GUERRA POR LOS MUTANTES

LA GRAN BATALLA

ALBERTO CRUZ PÉREZ

Primera Edición, 2025

ISBN 979-8-9883328-4-8 (Tapa Blanda)
ISBN 979-8-9883328-5-5 (Kindle)

Portada: Rashed AlAkroka
Editación: Tinta Dragón

Diseño del mapa: Yeshmarie Vázquez Cintrón
Ilustración de personajes: Elliott Lugo Lebron

ALDEA
PIEDRA
ROJA
ART GUN
MAGW
SCA

DESIERTO VERDE
BOSQUE RASENOF
MIRCORION
SELA
CHARCEL

ZENROT

ASTRED

FREDERICK

KEISHLA

UNA GUERRA POR LOS MUTANTES

MUTANTES

LA GRAN BATALLA

CAPÍTULO UNO

Tras la batalla nocturna en la base de Art Gun, a Zenrot le costaba despertarse, agotado por los combates y por la falta de energía. Se tomó su tiempo para salir de la cama. Abrió los ojos y observó una mesa sobre la cual reposaba su equipo. Se sentó y se frotó los ojos con el brazo antes de coger el reloj para ver la hora. Eran las 8:48 de la mañana.

—¡Mierda, llego tarde! —Zenrot, preso del pánico, se dirigió apresuradamente al cuarto de baño, se lavó los dientes y se dio una ducha rápida. Cerró el grifo y cogió una toalla para secarse mientras se acercaba a un armario en busca de su ropa. Tras vestirse, procedió a ponerse su armadura. «Ryan definitivamente me va a matar», pensó.

Estaba acomodando su armadura cuando oyó un ruido en la puerta de entrada: alguien golpeaba. «Probablemente sea el comandante. ¡Estoy muerto!», asumió.

Zenrot terminó de abrocharse la armadura tan rápido como pudo, luchando por ponerse la última bota. Saltó hacia la puerta, casi cayó de tanto saltar. Cuando Zenrot llegó a la puerta la abrió rápidamente, disculpándose.

—Lo siento mucho. Me quedé dormido y... —Se detuvo, sobresaltado. No era Ryan quien estaba en la puerta, sino uno de los guardaespaldas de Arashi con su habitual armadura pesada.

—Buenos días, soldado —dijo bruscamente el guardaespaldas—. El general Arashi solicita que se reúna con él en su despacho. Sígame, por favor.

—Um, claro. —Zenrot se sentía confundido, no era el comandante quien iba a regañarlo por ser irresponsable respecto de sus estrictos horarios. Zenrot no tenía elección, el guardaespaldas se adelantó y él lo siguió. Mientras caminaban, Zenrot captó un movimiento por el rabillo del ojo. Su asistente de limpieza salía de la habitación «01». Miró directamente a Zenrot. No intercambiaron palabras, pero el limpiador asintió, como si le deseara buena suerte.

Zenrot y el guardaespaldas salieron del edificio en dirección al despacho de Arashi. Zenrot miró a su alrededor. Los soldados marchaban, algunos vehículos transportaban munición y había mucha actividad. Todo el mundo había estado bastante ocupado y alerta después de que los robots de Sentry Run invadieran la base. Zenrot intentaba localizar a Ryan, pero por desgracia no aparecía por ninguna parte.

Intentó mantener una conversación con el guardaespaldas.

—Entonces, ¿alguna posibilidad de que sepas de qué podría tratarse esto? —preguntó.

El guardaespaldas permaneció en silencio mientras seguía guiándole hacia el despacho.

—El trato silencioso... Bueno, eso fue incómodo —susurró Zenrot para sí mismo. Llegaron al edificio y se acercaron al ascensor.

—Vaya, buenos días, señor Zenrot —dijo una voz detrás de ellos que sobresaltó a Zenrot. Era Mojo.

—Buenos días —respondió Zenrot, tranquilizándose.

—¿Cómo te funciona el arma?

—Bastante bien, la verdad. Gracias por tu esfuerzo —dijo Zenrot cortésmente, sabiendo que Mojo también había hecho parte del trabajo.

—Siempre es un placer. —Mojo se acercó lentamente a Zenrot—. Si tan solo pudiera ver un poquito de tu energía para ver cómo...

—Apártese, científico —interrumpió el guardaespaldas—. La orden es directamente llevarlo con Arashi y no se te permite acercarte a él.

—Cuida tus modales, maldito gruñón. —Mojo lo miró furioso—. ¡Soy el científico en jefe, creador de todas las armas avanzadas que usas para defenderte! Aprende a respetarme. —Se calmó un poco y volvió a mirar a Zenrot—. Si necesitas algo relacionado con tu nueva arma, dímelo.

—Gracias —dijo Zenrot con torpeza. Mojo asintió y retrocedió para volver al trabajo. El guardaespaldas hizo una señal a Zenrot para que siguiera caminando. Entraron en el ascensor y llegaron al despacho de Arashi en poco tiempo. Vio soldados en la sala y guardaespaldas en cada esquina. Zenrot temía que hubiera problemas. Frente al escritorio de Arashi había otras tres personas.

—Señor, está aquí —gritó el guardaespaldas, anunciando su llegada.

—¡Ah, genial! Por fin llega —dijo Arashi agradablemente desde el otro lado de la sala. Las tres personas que estaban frente a él se giraron. Zenrot reconoció a una de ellas, era la misma mujer que había visto en la residencia, pero los otros dos no le resultaban familiares. Supuso que eran dos mutantes porque estaban de pie junto a la chica—. Ven, quiero que conozcas a tu equipo. —Las expectativas de él se cumplieron y lo que vio no lo decepcionó: eran el FEM (Fuerza Especial Mutante). Se acercó al grupo, concentrándose en presentarse de manera profesional. En el fondo estaba nervioso por conocer a los demás mutantes por primera vez. Zenrot se colocó en fila junto a ellos—. Todos, este es Zenrot... um… —Arashi se desvaneció en un murmullo, seguro de que Zenrot no tenía, o simplemente Arashi no recordaba, un apellido.

—Zenrot Bellator —saltó él, terminando la frase—. Encantado de conocerlos a todos—. Arashi pareció momentáneamente sorprendido por la mención de su apellido, pero rápidamente cambió su expresión a una más confiada, como si recordara la respuesta. Zenrot se había puesto el apellido estando con Ryan y nunca se lo había mencionado a Arashi. A pesar de ello, le siguió el juego. Uno de los mutantes se acercó y lo saludó.

—Encantado de conocerle. Me llamo Astred Mackol. —Tenía una gran presencia: era alto, probablemente medía 1, 80 metros, y muy musculoso. Astred, además, era calvo y tenía los ojos marrones. Por su aspecto, parecía tener unos cuarenta años.

Llevaba una camiseta negra con el logotipo de Art Gun en el lado izquierdo del pecho, pantalones de camuflaje negros y rojos y una armadura de la cintura para abajo. No llevaba armadura en el torso y Zenrot pensó que probablemente se debía a su enorme musculatura. Le estrechó la mano.

—Tú eres con quien hablé por radio en la invasión —señaló Zenrot.

—¡Así es! —Astred confirmó—. He oído que fuiste tú quien abrió el camino a nuestros refuerzos. Menudo espectáculo diste con esa explosión de energía.

—Jeje... Gracias —dijo Zenrot nervioso, pero halagado.

El segundo mutante se acercó a Zenrot.

—Me llamo Frederick Crossvelt —se presentó—, pero puedes llamarme Freddy. —Zenrot echó un rápido vistazo a Freddy. Era más bajo que Astred, y parecía tener más o menos la misma edad que Zenrot. Su voz, segura y firme, sonaba más vieja. Llevaba el mismo equipo que Zenrot.

—Encantado de conocerte Fred… —Mientras lo saludaba, se dio cuenta de que el pelo rizado de Freddy parecía haber estado en llamas; había humo y ceniza saliendo de su pelo. Zenrot también notó que sus ojos tampoco eran de un color común: eran naranja neón. «Maldita sea, ¡me alegro de no estar solo en esto!», pensó. Zenrot le preguntó amablemente si algo le había quemado el pelo y Freddy se echó a reír.

Explicó que era su pelo natural porque sus habilidades estaban relacionadas con el fuego. Zenrot también se fijó en una guadaña que llevaba a la espalda. La parte del bastón medía metro y medio y la hoja tenía una forma interesante, con una curva que se hacía más gruesa a medida que llegaba al bastón.

—También he oído que fuiste tú quien creó el escudo contra incendios alrededor de la base. Gracias por el duro trabajo que realizaste para proteger a todos —dijo Zenrot con generosidad.

—No hace falta. Es parte del trabajo. Yo soy el que debería estar agradecido. Nos salvaste el culo con los refuerzos.

Zenrot terminó de hablar con Freddy y se volvió hacia la mujer que había visto antes.

—Hola —le dijo amablemente—. Encantado de conocerla, señorita. —Ella tenía el rostro serio y no le dirigió la palabra, se limitó a mirar fijamente la mano que él le ofrecía para estrecharla. Llevaba el pelo negro recogido en una coleta con dos palos. Tenía casi el mismo equipo que Zenrot y Freddy, y usaba una mochila personalizada con dagas enfundadas.

—¿Este es el otro miembro? —preguntó ella, visiblemente decepcionada. Zenrot bajó la mano porque sabía que luego de semejante pregunta ella no la estrecharía.

—Es Keishla Monulen —Freddy dijo su nombre—. Perdónala, desconfía de trabajar con alguien que no conoce.

—¡No necesitas decirle mi nombre completo, Frederick! —gritó Keishla con fiereza.

—Y además con bastante actitud —dijo Zenrot sarcásticamente en un susurro..

—¿Tienes algún problema, Dark Boy?

—Oh, no hay ningún problema —«¿Dark Boy? Ese es un nuevo apodo», pensó Zenrot y puso los ojos en blanco para enfatizar el sarcasmo—. Creo que alguien aquí necesita aprender modales —dijo mientras se alejaba para evitarla. Freddy se tapó la boca para evitar reírse a carcajadas.

—Mira a este pequeño de...

—Muy bien. Ahora que estamos todos juntos —interrumpió Arashi, devolviéndolos al tema—, por favor, formen una fila colocándose uno al lado del otro. —Para mantener las distancias, Keishla se situó junto a Freddy y Zenrot se ubicó junto a Astred—. Según recuerdo —continuó Arashi—, cada uno de ustedes ha terminado todo el entrenamiento que podemos ofrecer aquí en Art Gun. Por no mencionar que fueron los mutantes más fuertes de la invasión... Por fin ha llegado el momento de que los cuatro trabajen juntos como un equipo. Son los únicos mutantes lo suficientemente cualificados para luchar fuera de estos muros. Cada uno de ustedes tiene habilidades únicas y las usarán para ayudar a nuestros hombres y luchar para salvar a cualquiera que Sentry Run intente eliminar.

—Aunque eso fuera cierto —hablaba Astred mientras se cruzaba de brazos—, esto no es exactamente por lo que estamos aquí, ¿verdad? Llevas años luchando contra Sentry Run y sé que has trabajado duro para reunir a todos los mutantes que puedas. Entonces, ¿qué estamos haciendo aquí exactamente?

—Siempre encontrando el resquicio, ¿eh, Astred? —dijo Arashi mientras sonreía.

—Solo menciono los hechos.

—Bien entonces, iré al grano. —Su voz cambió—. Hemos intentado atacar directamente el cuartel general de Sentry Run para acabar con esta guerra de una vez por todas. —Los cuatro se sorprendieron—. La razón por la que mi tripulación ha estado trabajando como loca durante estos últimos meses ha sido porque han elaborado estrategias de enfrentamiento, así como han analizado sus defensas y armas. Tienen tecnología avanzada, por eso algunas de nuestras batallas han sido difíciles de ganar. Incluso han creado robots para que luchen por ellos. Tenemos que atacar al enemigo antes de que decida invadirnos de nuevo.

—Los robots de Sentry Run han progresado mucho. —Astred asintió—. Han mejorado sus armas y han añadido comunicación verbal a su sistema para que puedan interactuar con los soldados de Sentry Run en el campo de batalla. Por no hablar de que tienen escáneres para identificar a qué tipo de enemigo se enfrentan. Eso si están en su rango de visión, claro.

—¿Y qué? —Keishla sonaba molesta—. Hemos flaqueado porque algunos cables y pernos están luchando. ¿Qué tan difícil puede ser? —Sonaba confiada, pero Astred hizo un gesto con el dedo en los labios para que se callara y ella guardó silencio.

—Si fuera una tarea fácil, habría más mutantes aquí en lugar de solo ustedes cuatro —aclaró Arashi y Keishla se avergonzó—. Además, desde la primera invasión de Espartanos hemos perdido a innumerables personas, especialmente mutantes. Ha sido difícil reclutar más desde entonces.

—Entonces, ¿cuál es el plan? —preguntó Astred.

—Nuestro plan es que los cuatro despejen cualquier ciudad o pueblo que Sentry Run haya invadido y rescaten a los civiles que estén en cautiverio. Empezaremos por una población pequeña y pasando a una más grande. El FEM será la primera línea. Por supuesto, no estarán solos. Enviaré soldados para apoyarlos en la batalla. Así se correrá la voz y Sentry Run no tendrá más remedio que enviar a sus mejores robots a luchar contra ustedes.

Cuando eso ocurra, un ejército de Art Gun esperará a que lleguen para tenderles una emboscada. Mientras tanto, el FEM y otros escuadrones atacarán directamente al cuartel general de Sentry Run.

—Suena como un plan, pero ¿cómo sabremos cuándo es seguro que nos enfrentemos? Quiero decir, incluso si consigues obligarlos a liberar un ejército fuerte, ¿no habrá otros robots de seguridad masiva? Dijiste que tienen tecnología avanzada, así que probablemente tendremos mucho a lo que enfrentarnos —afirmó Zenrot.

—Me alegro de que hayas preguntado cuándo atacar —dijo Arashi con energía—. Verás, he enviado unos cuantos escuadrones durante estos meses. Por suerte, algunos de nuestros hombres tuvieron la oportunidad de piratear su sistema de seguridad y, gracias a la inteligencia de Astred, ahora tenemos idea sobre cómo acercarnos. Su cuartel general está en una isla llamada Desierto Verde. En el centro de la isla tienen un edificio gigante de treinta pisos de altura. En la vigésima planta, está el laboratorio en donde crean el armamento y los robots. Su red informática principal también se encuentra allí. Cuando llegue el momento, su misión es extraer cualquier tipo de información que pueda preparar a nuestro ejército para la batalla.

—¿Qué pasa con el equipo Alfa, Bravo, Charlie y Delta de rango amarillo? —preguntó Astred—. ¿No siguen trabajando en ellos?

—Por desgracia, la mayoría murieron durante sus incursiones. Hemos perdido a todos los soldados de ese rango. Estamos entrenando a más reclutas. Los equipos azul y rojo están luchando en una sección diferente del campo de batalla. Los verdes están vigilando la base.

—No sabía que hubiera un sistema de clasificación por colores —señaló Zenrot.

—Hay diferentes equipos de soldados —señaló Freddy—, y el sistema de clasificación por colores sirve para identificar su nivel. Los colores de rango están en orden: amarillo, verde, azul, naranja y rojo. Ese orden va del rango más bajo al más alto. Cada color tiene cuatro equipos diferentes: Alfa, Bravo, Charlie y Delta.

—Ya veo... —respondió Zenrot.

—Sin embargo —Astred se unió a la conversación—, hay un equipo especial que no es de las filas de color. Se hacen llamar escuadrón Sombra. Son miembros suficientemente cualificados para hacer lo imposible cuando sea necesario.

—Si puedo preguntar —dijo Zenrot con miedo a la respuesta—, ¿qué equipo me salvó en Scateror?

—Era el equipo Bravo de rango amarillo. Fueron los primeros que enviamos a registrar la isla. Lamentablemente, ninguno logró salir con vida. Hemos estado preparando reclutas para sustituirlos, pero por desgracia, no importa cuántos reclutemos, más gente sigue muriendo en combate —dijo Arashi con tristeza.

«¡Espera! ¿Eso significa que... Brandolf se ha ido?», pensó Zenrot. Su rostro evidenció su pena al enterarse de que un amigo había muerto. Keishla miró a Zenrot, sin cambiar su expresión despreocupada, notó su puño cerrado y dedujo que alguien a quien Zenrot quería había fallecido, aunque no le importara realmente su estado emocional.

Zenrot miró a Arashi.

—¿Cuándo podemos empezar a ayudar? —preguntó con confianza y determinación.

—Mañana —respondió Arashi—. Hoy quiero que los cuatro tomen el día libre. Conózcanse entre ustedes. A partir de hoy, les guste o no, serán como una familia trabajando juntos. Nadie más se unirá a este equipo. ¿Lo entendieron? —Todos captaron el mensaje, pero Zenrot creía que «familia» no era el término adecuado para describirlos. Astred parecía tranquilo, pero mantenía un semblante serio. Freddy parecía un tipo tranquilo y bobalicón. Y Keishla odiaba el mundo. Sería un equipo extraño—. El líder de este equipo será Astred —continuó Arashi—, ya que es el que lleva más tiempo en Art Gun y tiene mucha experiencia en el campo de batalla. Así que, todo lo que diga, lo escuchan. ¿Entendido?

—¡Sí, señor! —Zenrot, Keishla y Freddy gritaron.

—Pueden retirarse. —Todos se dieron la vuelta para marcharse—. Casi lo olvido —dijo Arashi, deteniendo al equipo—, quiero que sepan que si le pasa algo a Astred, Zenrot es el segundo al mando. Así que harán lo que él diga cuando Astred no esté en el campo, ¿entendido? —Zenrot se sorprendió al oír que él era el segundo al mando. Nunca había sido un líder, ni tenía experiencia real en el campo de batalla aparte de las invasiones. No tenía sentido que Arashi lo nombrara como el segundo líder.

—Entendido, señor—dijo Freddy. Golpeó a Zenrot un par de veces con el codo—. ¡Felicidades, minijefe! —dijo alegremente. Parecía estar de acuerdo con la decisión de Arashi.

Sin embargo, a uno de ellos no le hizo ninguna gracia.

—¿Me estás tomando el pelo? —Keishla habló.

—Cuida tu lenguaje, Keishla —levantó la voz Astred.

Se giró para mirar a Arashi.

—Señor, con el debido respeto, Dark Boy lleva menos tiempo en Art Gun que Frederick o incluso que yo. ¿Por qué demonios le daría semejante responsabilidad a él? —Su brazo apuntó directamente a Zenrot.

—Con su entrenamiento y actuación durante la última invasión, Zenrot ha demostrado que es capaz de liderar. Confío en que mantendrá a todos a salvo y los guiará adecuadamente.

—¡Esto es una locura! El segundo al mando debería ser Frederick. Por favor, ¡no tomes esta maldita decisión! —gritó Keishla, cada vez más fuerte, tratando de convencer a Arashi. Astred se hartó de ella, le dijo que se callara y tuviera un poco de respeto por la decisión tomada. Keishla, enfurecida, se dirigió al ascensor sin mediar palabra.

—¡Eh, espera! —Freddy la siguió. Astred se disculpó por el comportamiento de Keishla y aseguró a Arashi que hablaría con ella. Astred echó una rápida mirada a Zenrot, esbozó una sonrisa y puso la mano en el hombro de Zenrot.

—Sé que lo harás bien, Zenrot —dijo, felicitándolo por ser el segundo al mando. Astred parecía muy convencido de que haría un buen trabajo, mientras que Zenrot seguía dándole vueltas al asunto—. Debo ir a hablar con Keishla. Los veré dentro de un rato. Disculpen, caballeros. —Astred se despidió y se dirigió al ascensor. Zenrot se quedó solo, esperando a que Astred saliera de la habitación.

En cuanto no hubo moros en la costa, Zenrot aprovechó para hablar en privado.

—General Arashi —dijo con calma—, ¿cree que es la mejor idea ponerme como segundo al mando?

—No creo… lo sé —respondió rotundamente Arashi. Sacó unos expedientes e hizo un gesto a Zenrot para que los mirara de cerca. Eran los expedientes personales de cada miembro del FEM. Zenrot leyó sus descripciones y cualificaciones.

MUTANTE 01

Apellido: MACKOL

Nombre de pila: ASTRED

Fecha de Nacimiento: 3 DE ABRIL DE 1924.

Fecha de hallazgo: 18 DE MAYO DE 1942.

Habilidades: Nanomáquinas y piel de acero.

Debilidad: Sus venas quedan al descubierto cuando utiliza sus habilidades, esto hace que sea fácil cortarlas.

Descripción adicional: Conocimientos tecnológicos anormales, puede fabricar objetos utilizando el entorno que le rodea.

MUTANTE 02

Apellido: CROSSVELT

Nombre de pila: FREDERICK

Fecha de nacimiento: 6 DE OCTUBRE DE 1947.

Fecha de hallazgo: 18 DE ENERO DE 1953.

Habilidades: Lanza fuego y lo manipula a su antojo.

Debilidad: Temperaturas frías.

Descripción adicional: Conecta su aura energética con su guadaña (a través de un método desconocido). Es como si la guadaña y Frederick compartieran la misma mente. Sin embargo, él se muestra habitualmente demasiado confiado frente a amenazas desconocidas.

MUTANTE 03
Apellido: MONULEN
Nombre de pila: KEISHLA
Fecha de Nacimiento: 13 DE MARZO DE 1948.
Fecha de hallazgo: 15 DE JUNIO DE 1960.
Habilidades: Telequinesis y velocidad.
Debilidad: No puede levantar un objeto pesado con telequinesis, dificultad para controlar su aura.

Descripción adicional: Puede matar silenciosamente y disparar a larga distancia sin fallar nunca un blanco. Prefiere las dagas y espadas. Dificultad para comunicarse, pero sigue órdenes.

Zenrot aprovechó la oportunidad para aprender de lo que era capaz cada miembro. Al leer sus descripciones, comprendió por qué Arashi le había elegido como segundo al mando. Arashi sacó entonces el último expediente, garabateó algunos detalles en él con un bolígrafo y se lo entregó. Era su expendiente.

MUTANTE 04
Apellido: BELLATOR
Nombre de pila: ZENROT

Fecha de nacimiento: DESCONOCIDO.

Fecha de hallazgo: 15 DE JUNIO DE 1965.

Habilidades: Superfuerza y libera un aura violeta oscura.

Debilidad: Dificultad para controlar y liberar el aura.

Descripción adicional: Puede levantar el peso de una montaña. Aún está descubriendo sus habilidades; le dieron un arma especial (el Asimilador de Energía) para controlar su aura. Ha demostrado sus dotes de liderazgo y respeto por los demás.

Arashi volvió a coger los archivos y los guardó en una carpeta.

—Como ves, muchacho, tengo muchas esperanzas puestas en ti. Sé que será duro, pero también sé que lo conseguirás. — Uno de sus guardaespaldas se acercó y susurró al oído de Arashi. Por su expresión, parecía haber recordado algo importante—. Me encantaría seguir hablando, pero tengo cosas que discutir sobre nuestro próximo ataque.

—Por supuesto, señor. Gracias por su tiempo. —Zenrot se dio la vuelta para marcharse, pero se detuvo—. Por cierto, general... ¿Sabe dónde puede estar el comandante Ryan?

—Ha sido enviado en una misión especial para guiar a un grupo de tropas en la batalla. No estará por aquí pronto.

—Ya veo... ¿Hay alguna posibilidad de que sepa cuánto tardarán en volver?

—Difícil de decir. Recuerda, estamos en guerra, muchacho. Cualquier cosa puede pasar. Ahora vete y disfruta del día libre. Aprovecha esta oportunidad para conocer mejor a tu equipo. Es importante ganar confianza en tiempos como estos.

—Entendido. Gracias, general. —Zenrot se despidió y se dirigió al ascensor. Dentro, Zenrot se preguntó por qué Ryan no había dejado una nota si no iba a estar por aquí durante algún tiempo. Le preocupaba el bienestar del comandante. Esperaba que volviera con vida para poder volver a ver al hombre que lo había guiado y presentarle a su nuevo equipo. Sonrió, sabiendo que Ryan cuidaría de sí mismo.

«Él volverá», pensó Zenrot, tenía esperanza.

CAPÍTULO DOS

Zenrot llegó al primer piso. Cuando las puertas del elevador se abrieron, salió y vio a Astred hablando con Keishla. Zenrot se dio cuenta de que no estaba contenta y notó que solo escuchaba a Astred; era cuestión de tiempo para que Keishla explotara de rabia.

La mirada de Astred se desvió y se percató de la presencia de Zenrot.

—Ah, estás aquí —dijo con alegría.

—Sí, lo siento, estaba discutiendo algunas cosas con el general.

—No te preocupes. Dime... ¿Has oído hablar de La parrilla de Art?

—Sí, comí allí unas cuantas veces.

—Perfecto. He pensado que sería perfecto para comer los cuatro juntos y conocernos un poco más. Yo invito —sugirió Astred.

—¡Me parece bien porque tengo hambre! —dijo Freddy mientras se frotaba el estómago.

—Claro, podemos ir allí —aceptó Zenrot mientras seguía a Astred y Freddy. Keishla se quedó atrás, obviamente sin intención de ir con ellos. Sin embargo, Astred se dio cuenta de su gesto e insistió en que se uniera al equipo. Ella los siguió con una expresión desagradable en el rostro y en silencio durante todo el camino hasta el restaurante.

Al llegar por fin a La parrilla de Art, el equipo entró y se dio cuenta de que el local estaba bastante lleno. Su presencia causaba alboroto, y se dieron cuenta por la forma en que algunas personas los miraban. Todos tenían cara de asco, probablemente porque había cuatro mutantes juntos en el mismo local. Era un claro recordatorio de que a algunas personas no les gustaba tener mutantes cerca, aunque trabajaran con el mismo fin. Astred recorrió el restaurante y encontró una mesa para que se sentaran. Algunas personas incluso se movieron de sus sitios a una mesa vacía para dar a entender que no eran bienvenidos.

—Quizá deberíamos ir a otro sitio —sugirió Zenrot.

—¿Astred? —gritó alguien emocionado.

—¿Sr. Han? —Astred reconoció la voz y se sintió visiblemente aliviado al oír a un amigo.

—¿Cómo has estado? Ha pasado mucho tiempo —dijo el anciano, emocionado por su llegada.

—En efecto, mi buen amigo.

El señor Han ladeó la cabeza y se dio cuenta de que Zenrot estaba con él.

—Veo que se conocen. —Señaló a uno y luego al otro.

Astred le informó de que estaban asignados al mismo equipo y el señor Han se alegró por la noticia. Se dio la vuelta para buscarles una mesa y se dio cuenta de que había gente ocupando espacio innecesariamente. Hizo un gesto con las manos a los demás clientes, indicándoles que despejaran una mesa para los cuatro mutantes. Zenrot y los demás no habían querido ser descorteses ni molestar a nadie con su presencia, pero estaba claro que al señor Han le importaba un bledo, e incluso llegó a insistir en que sería un honor servir a la FEM.

Los acompañó hasta una mesa con cuatro sillas. Zenrot se sentó primero y Keishla se sentó al otro lado, lejos de él. Astred se sentó delante y Freddy junto a Zenrot.

—¿Quieres lo mismo de siempre, Astred? —preguntó el señor Han.

—Por supuesto —respondió Astred.

—Bueno, Zenrot, es bueno que no mojes mi lugar de nuevo esta vez. Debes dar una buena impresión a tu equipo. —Zenrot, avergonzado, se cubrió la cara con la mano.

—¡Jajaja! ¿Qué demonios te ha pasado, Zenrot? —preguntó Frederick, estallando en carcajadas—. ¿Te measte encima en el restaurante?

—No —respondió rotundamente Zenrot—. Es una larga historia.

—Por favor, cuéntalo —Keishla habló mientras sonreía. Apoyó el codo en la mesa y la barbilla en la mano. Zenrot ignoró el tema.

—Una historia para otro momento —dijo el señor Han guiñándole un ojo a Zenrot—. ¿Qué les gustaría comer?

—Sólo puré de patatas con pollo y verduras aparte, por favor. —Zenrot respondió.

—Tomaré lo mismo, por favor. ¡Suena sabroso! —Freddy gritó.

—Desde luego —dijo el señor Han y miró a Keishla—. ¿Y qué hay de usted, mi señora?

—No tengo hambre —respondió Keishla mientras se recostaba en la silla. Astred la miró con seriedad porque sabía que tenía hambre. Keishla seguía enfadada por la reciente reunión.

—Tomará lo mismo que yo, filete con patatas fritas —pidió Astred.

—Muy bien, señor. ¿Y para beber?

—Tres aguas y una cerveza, por favor —dijo Astred cortésmente. Zenrot, Keishla y Freddy miraron a Astred porque había ordenado las bebidas por ellos—. Me da igual que los tres sean mayores, beberán más sano mientras yo esté cerca. Además, yo pago. —Astred volvió a mirar al señor Han—. ¿Puede traer primero las bebidas, por favor?

—Por supuesto. Le traeré las bebidas y le avisaré cuando esté listo su pedido —dijo el señor Han antes de marcharse a la cocina.

Mientras esperaban, aprovecharon para hablar entre ellos. Zenrot quiso saber cómo se habían unido a Art Gun. Astred explicó que, hace muchos años, era un joven adulto que vivía con su madre y su hermano pequeño. Dijo que su madre era una humana corriente, pero que él y su hermano estaban dotados de habilidades. Con el tiempo, Sentry Run llegó a su tierra natal. Mataron a su madre e intentaron secuestrar a su hermano, pero él se sacrificó para que Astred pudiera escapar y vivir. Por suerte, Art Gun llegó y Arashi encontró a Astred. Cuando Arashi se enteró de sus habilidades e inteligencia, decidió reclutar a Astred como soldado e ingeniero. Trabajaron juntos durante muchos años.

—¿Ha sido difícil encontrar más mutantes con el paso del tiempo? —preguntó Zenrot con curiosidad. Astred asintió y dijo que Sentry Run se había ido fortaleciendo a medida que Art Gun luchaba por encontrar mutantes fuertes. Encontraron más mutantes, pero sus habilidades no útiles para la lucha en el frente.

Zenrot se interesó en Freddy y le hizo la misma pregunta que a Astred. Él abrió la boca, dispuesto a hablar, pero dudó. Pensó en su pasado y, después de algunos segundos, admitió que apenas podía recordarlo. Lo único que pudo rememorar era su orfandad, y que había sido explorador en busca de un tesoro. En su viaje, Freddy descubrió que podía tocar el fuego sin que le quemara la piel. Así se dio cuenta de que también podía manipular la fuerza y la intensidad del fuego. En un momento dado, tras jugar demasiado con las llamas, Freddy se mareó y se desmayó. Recordó haber estado tumbado en una cama del centro médico de Art Gun. Sonaba extraño, pero para Zenrot tenía sentido que Freddy se hubiera desmayado usando demasiado sus habilidades. Ryan había mencionado que, al aprender a controlar las habilidades mutantes, era importante aprender a equilibrar la energía.

Miró a Keishla, pero no se atrevió a preguntar nada. Parecía molesta solo por estar en la misma mesa. Sin embargo, Astred notó la curiosidad de Zenrot. Le explicó que ella tampoco podía recordar mucho de su pasado, como Freddy. Solo recordaba que tenía una familia, pero no cómo eran ni cómo se llamaban. Cada vez que pensaba en ello, su memoria se convertía en niebla, como si algo estuviera bloqueando su capacidad de evocar recuerdos. Lo único que sabía con certeza era que se despertó en el centro médico de Art Gun y que, durante su estancia en la base, descubrió sus poderes.

Keishla se irritó.

—¿Y tú? —le espetó a Zenrot, interrumpiendo su conversación—. ¿Cuál es tu historia? Además de volar robots en pedazos. —Mientras hablaba, el señor Han trajo las bebidas a la mesa. Cuando puso el vaso de agua delante de Zenrot, se quedó mirándolo y no dijo ni una palabra.

—Keishla, no hace falta que lo pidas tan duramente. —dijo Astred, llamándola.

—¿Qué? Preguntó por nosotros y estamos tratando de conocernos. Así que solo le hice una pregunta.

—Aun así, no necesitas ser...

—Está bien —interrumpió Zenrot—. Es lo justo. —Zenrot respiró hondo—. Cuando pregunté por el equipo que me salvó en la oficina de Arashi fue porque me encontraron en la ciudad de Scateror. Según esos soldados, derroté a un Gólem y fui el único superviviente.

—Parece que no recuerdas nada —dijo Freddy en broma.

—Esa es la parte divertida —dijo Zenrot descaradamente—, no recuerdo nada de eso, ni por qué estaba en esa ciudad. Los soldados supusieron que tenía pérdida de memoria, ya que me vieron mi cabeza herida; además, perdí una gran cantidad de sangre.

—Es posible —dijo Astred uniformemente—, que lucharas

contra Gólems antes de que te encontraran y te hirieran bastante.

—Tal vez... —Zenrot contestó—. Esperemos que recuerde algo a tiempo.

—¡Bah! —gritó Keishla con disgusto mientras se recostaba en la silla. Un brazo lo apoyó en la mesa y los dedos de su mano la golpearon ansiosamente—. Parece que no quieres decir la verdad sobre ti mismo. —Astred fulminó a Keishla con la mirada y ella hizo un gesto, como si preguntara qué había dicho mal.

—Lo creas o no, estoy diciendo la verdad —dijo Zenrot con firmeza—. Por cierto... Arashi me enseñó los documentos que describen a cada uno de ustedes y sus habilidades. ¿Hay alguna posibilidad de que discutamos cómo las usan y yo pueda hablar de las mías?

Astred pensó que era justo hablar de ello antes de la misión, pero no parecía buena idea en el momento. La gente seguía mirando su mesa con cara de asco.

—Quizá en otra ocasión —sugirió Astred.

—Sí... tienes razón —aceptó Zenrot—. Pregunta, ¿crees que nuestras habilidades son un don o una maldición?

Antes de que los demás pudieran responder, llegó la comida.

—¡Orden lista! —El Sr. Han entregó alegremente la comida a cada uno de ellos. Freddy no perdió ni un segundo y empezó a comer como si se estuviera muriendo de hambre. Keishla sorprendentemente comió su comida con modales.

—Gracias, señor Han —dijo Astred.

—¡Un placer! Te dejo con ello. Avísame si necesitas algo más —contestó Han antes de marcharse.

Antes de empezar a comer, Astred miró a Zenrot.

—En mi opinión, Zenrot, es un privilegio tener nuestras habilidades especiales. Sin embargo, las personas que no son mutantes nos odian.

—¿Y eso por qué? —preguntó Zenrot.

—¿Has oído alguna vez la historia de por qué los mutantes son considerados peligrosos por la mayoría de la gente? —Zenrot había oído alguna historia al respecto hacía unos meses, pero no en detalle. Sacudió la cabeza—. Todo empezó hace muchos años, cuando un demonio invadió nuestro mundo. Muchos dicen que disparó su energía a miles de personas. Algunos murieron durante el ataque, pero otros fueron dotados de habilidades.

—¿Qué pasa con la historia del circo? —Cuando Zenrot hizo la pregunta, se dio cuenta de que la habitación se quedó en un silencio terrible. Miró por encima de su hombro y vio a unos cuantos soldados mirándolo fijamente. Volvió a observar a Astred.

—Ignóralos —dijo Astred fríamente mientras miraba a los soldados. Luego esbozó una suave sonrisa—. Para responder a tu pregunta, aquel suceso fue efectivamente una masacre. Según los informes, el incidente ocurrió en un territorio de Sentry Run…

—Espera —interrumpió Zenrot—. Creí que Sentry Run quería eliminar a los mutantes.

—Al principio no —aclaró Astred—. Cuando Sentry Run inició como organización, solo eran estrictos con las normas y encarcelaban a los mutantes con poderes superiores. Sin embargo, este mutante en particular estuvo muy por encima de ellos gracias a sus poderes y mató a muchos en un solo espectáculo.

—No parece intencionado.

—Créeme, lo fue —confirmó Astred—. Después de eso, Sentry Run decidió que lo mejor era eliminar a los mutantes. Para ellos es mejor matar a unos pocos mutantes para salvar a muchos.

—Bueno, eso es injusto para los otros mutantes. ¿Y tú te crees todo eso? —preguntó Zenrot mientras comía.

—La parte del demonio, tal vez. Apareció hace muchos años. Sin embargo, nadie conoce los detalles reales. Los rumores dicen que mató a miles de personas y es una de las razones por las que empezó todo este lío de Sentry Run. No puedo decir si era bueno o no. Ni siquiera había nacido cuando eso sucedió. Pero decir que el demonio es la razón por la que tenemos estas habilidades... yo digo que eso es mentira. Si mi madre fuera humana y si mi padre fuera un demonio, mi hermano y yo habríamos tenido unos cuernos raros en la frente como un reno. —Freddy escupió la comida de tanto reír al imaginarse a Astred con cuernos. Zenrot también se rio y Keishla soltó una risita. Astred se alegró de hacerlos reír a todos juntos.

—Lo del mutante del circo... sí creo que sucedió. Ocurrió un par de años antes de que Art Gun me encontrara.

—Sin embargo, los demás mutantes sufren las consecuencias por culpa de dos personas —gritó Freddy con la boca llena.

—Es desafortunado... pero no debería importar. Lo que hagamos ahora como mutantes es lo que define nuestro futuro. La gente puede despreciarnos, pero sabemos qué es lo correcto, y creo que ustedes tres irán por el buen camino.

—Me alegro de oírlo. Gracias, Astred —dijo Zenrot aliviado.

—Por supuesto. —Limpió su plato en un minuto y se limpió

la boca con una servilleta—. Además, ahora eres el segundo al mando, así que espero cosas buenas de ti.

Zenrot rio nerviosamente.

—Haré lo que pueda. No sé si haré un buen trabajo.

Keishla dejó sus utensilios, sin hacer contacto visual.

—Bueno, tal vez deberías retirarte.

—Aunque quisiera, no puedo. Son órdenes de Arashi.

—¡Entonces deberías largarte de Art Gun!

—Keishla, ¿qué demonios te pasa? —Astred habló más alto.

—En serio, Keishla, ¿no ves que estás exagerando? —Freddy dando un último bocado a la comida.

—No sé por qué están tan relajados con la situación. ¡Él ha pasado menos tiempo en Art Gun que Freddy o incluso yo! Tenemos experiencia en el campo de batalla, recibimos entrenamiento real de profesionales y podemos controlar nuestras habilidades. Zenrot aún está descubriendo las suyas y fue entrenado por un comandante que suele entrenar a reclutas. —Era evidente que Keishla había investigado el historial de Zenrot. Lo sabía todo sobre él. Una cosa que no le gustaba a Zenrot era la forma en que se expresaba en contra de Ryan, lo enfurecía.

—Puedes decir lo que quieras de mí —dijo Zenrot—, pero muestra algo de respeto por el comandante.

—¿O qué? —dijo Keishla, provocándolo.

—O te enseñaré los modales que deberías haber aprendido en tu entrenamiento.

Dio un golpe en la mesa, se levantó y miró fijamente a Zenrot.

—¡Me encantaría verte intentarlo!

—¡Basta! —gritó Astred, furioso, e hizo que todos los presentes en el restaurante los miraran. Keishla salió irritada del restaurante, probablemente en dirección a su residencia. El señor Han pasó por delante de la mesa y preguntó si todo iba bien. Astred le dijo que no se preocupara y se disculpó por todo el alboroto. Todos habían terminado de comer y estaban listos para irse.

—De nuevo, lo siento mucho —le dijo Astred a Han—. Toma. —Astred sacó dinero de su bolsillo—. Por la comida y un poco más por las molestias.

—¡Oh! Por favor, no hace falta. Esta va por cuenta de la casa —contestó amablemente el Sr. Han.

—¿Estás seguro? —preguntó Astred—. Al menos déjame darte algo para el restaurante.

—¡Tonterías! —Han gritó—. Ustedes son la primera línea de Art Gun. Es lo menos que puedo hacer para servirlos. —El señor Han se inclinó más cerca de Astred—. Además —susurró—, también es una pequeña venganza hacia los soldados mezquinos que los miraban irrespetuosamente.

Astred se rio.

—Muy bien, gracias, Sr. Han.

—El placer es mío. Asegúrate de volver.

Astred asintió, estrechó la mano del señor Han e indicó a Zenrot y Freddy que regresaran a su residencia y dieran por terminada la noche. Zenrot se dio cuenta de que Astred buscaba la forma de ayudar a todo el mundo, sin importar la causa. No solo se ofreció a ayudar en el restaurante, sino que quiso asumir la responsabilidad por el comportamiento de Keishla. Mucha gente era desagradable al ver al escuadrón mutante, y ahora era incluso peor debido a la escena que ella había montado. Sin embargo, Astred parecía estar tranquilo y Freddy actuaba como si nada hubiera pasado.

A Zenrot, en cambio, le molestó cómo se había comportado Keishla.

—¿No les preocupa lo que piense la gente de nosotros? —preguntó Zenrot mientras salían del restaurante.

—¿Quiénes? ¿Esos soldados del restaurante? —preguntó Freddy, tan sarcástico como sorprendido—. ¡No! Pueden besarme el culo en llamas.

Zenrot soltó una sonora carcajada ante el comentario de Freddy, pero no le hizo olvidar la manera en la cual Keishla había hablado sobre su rol de liderazgo.

—Seamos sinceros, ¿crees que lo voy a hacer mal?

—No, Keishla está exagerando —dijo Freddy, relajado—. En mi opinión, Arashi eligió bien. Sinceramente, no se me da bien el liderazgo y ella tampoco es la mejor elección.

—Entonces, ¿por qué hacer todo ese drama en el restaurante?

—Probablemente porque no te conoce bien —respondió Astred.

—No entiendo... Pensé que la reunión en el restaurante era para conocernos mejor.

—Sí, pero no todo el mundo confía fácilmente. Dale tiempo, tarde o temprano necesitará amigos de los cuales fiarse.

—¿Qué quieres decir? —preguntó Zenrot cuando llegaron al edificio de la residencia.

—Oye, Freddy —Astred cambió de tema cuando se

detuvieron en la entrada—, ¿podrías darnos un minuto? Necesito aclarar algunas cosas con Zenrot antes de que empecemos a trabajar mañana.

—¡Claro! —Freddy puso un brazo sobre los hombros de Zenrot—. No seas tan duro contigo mismo, minijefe. —Freddy posó ligeramente los puños contra el pecho de Zenrot y se dirigió al interior. Por el camino pasó cerca de Astred, ambos levantaron los brazos y los chocaron como gesto de despedida. Astred esperó unos segundos y luego miró a su alrededor para asegurarse de que no había nadie más observándolos o lo suficientemente cerca como para escuchar su conversación. Astred y Zenrot por fin estaban solos.

—Como dijo Frederick, no te lo tomes como algo personal. Keishla simplemente no confía en nadie —susurró Astred—. Hubo un tiempo en que los médicos intentaron curar las heridas y cicatrices, pero algunos no la trataron con cuidado. Remendaban las heridas abiertas con agresividad y, cuando gritaba, la hacían callar con anestesia o simplemente la ataban. No era porque fuera necesario, sino porque la veían como una mascota.

Zenrot bajó la cabeza y se sintió triste por ella.

—¿Nadie hizo nada al respecto?

—Nadie lo sabía. Me enteré porque uno de los limpiadores de la residencia solía trabajar con el equipo médico. —Zenrot se dio cuenta de que era lo mismo que le había contado el empleado que limpiaba—. Tardó en confiar en mí, y también tardó en confiar en Freddy. Sé que, con el tiempo, también confiará en ti.

—Bueno, debe haber pasado mucho tiempo, pero parece que te respeta.

—Keishla me respeta porque llevo trabajando con ella desde que llegó a Art Gun. Lo mismo digo de Freddy. Somos los únicos mutantes que luchamos por el bien en estos tiempos difíciles, nos necesitamos mutuamente. Con tu ayuda, tengo la esperanza de que seremos más. —Puso la mano en el hombro de Zenrot—. Así que, de todo corazón, por favor, ten paciencia con Keishla. Cualquier cosa que necesites, estoy aquí para ti y para ellos. —Astred le guiñó un ojo a Zenrot en señal de confianza y se dio la vuelta para entrar—. Se está haciendo tarde, será mejor que duermas un poco. Mañana comienza un nuevo viaje para todos nosotros.

—Bien... —Zenrot lo siguió y ambos se dirigieron a sus apartamentos. Astred abrió la puerta «01» y entró en su habitación. Zenrot se adelantó hasta la suya y, justo antes de entrar, vio cómo se cerraba la puerta «03» de Keishla. Entró, se quitó el equipo y la ropa, se duchó y se fue directamente a dormir. Quería estar descansado porque al día siguiente el FEM comenzaba su primera misión.

CAPÍTULO
TRES

18 de Octubre de 1966

Los FEM estaban en el campo de batalla escoltando a los equipos del rango azul Bravo, Charlie y Delta a una nueva ciudad llamada Magwer. Habían oído que Sentry Run planeaba atacar allí. Tres camiones militares llevaban en su interior quince soldados cada uno. Zenrot, Keishla, Freddy y Astred iban en el primer camión. No enviaron muchos hombres para el enfrentamiento para poder ver cómo el equipo de FEM trabajaba. Cuando llegaron a Magwer, dos camiones se detuvieron a 400 metros del pueblo y el otro, el que contenía al FEM, se detuvo a 100 metros. Abrieron la parte trasera del camión y los soldados del equipo Bravo se colocaron en dos filas. Astred salió primero y sacó los prismáticos para mirar a su alrededor. Divisó grupos de soldados armados de Sentry Run y pesados Gólems que escoltaban a los rehenes. Los Gólems medían dos metros y estaban hechos de acero muy grueso; parecían difíciles de perforar. Zenrot, Keishla y Freddy estaban detrás de Astred y esperaban órdenes.

—Parece que vamos a hacer algo de ruido —dijo Astred, bajando sus prismáticos y dándose la vuelta—. Keishla, quiero que corras tan rápido como puedas y despejes a todos los soldados que veas en tu camino, en silencio.

Ella se crujió los dedos y el cuello.

—Claro.

—Cuando nos des la señal, Freddy irá a rescatar a los rehenes. Zenrot y yo nos encargaremos de los Gólems. Si algo sale mal, me dejas manejar a los robots y Zenrot va con Freddy para asegurarse de que ningún civil resulte herido. Ponlos a salvo. Fallar no es una opción cuando hay vidas en juego. ¿Entendido?

Zenrot, Keishla y Freddy asintieron para confirmar que habían oído claramente las instrucciones de Astred.

—Una vez que estemos fuera de peligro, haré una señal al resto de las tropas para que vengan a ayudar.

—No será necesario —dijo Keishla antes de correr hacia el enemigo.

—Te acostumbrarás —le susurró Freddy a Zenrot mientras tomaban posición para esperar la señal. Zenrot respiró hondo y Astred le indicó que lo siguiera y esperara en posición. Todos entraron en un edificio abandonado para esconderse. Subieron al tercer piso desde donde podían verlo todo. Zenrot observó a un soldado revisar una casa en busca de supervivientes.

Luego de unos minutos, empezó a preguntarse por qué Keishla no estaba haciendo su parte del trabajo cuando un repentino chorro de sangre brotó de la garganta de un soldado: un corte perfecto lo mató al instante.

—¿Cómo demonios ha ocurrido eso? —preguntó Zenrot. Ni siquiera había visto atacar a Keishla. Al observar atentamente, vio una daga flotando en el aire que seguía a Keishla. Escondida en lo alto de una casa, todas sus dagas flotaron graciosamente de su mochila aparentemente por sí solas. Telequinesis. Así que esa era su habilidad.

Keishla miró a su alrededor y contó cuidadosamente a cada soldado: dos en otra casa, tres delante de un vehículo y otros dos caminaban por la calle. Rápidamente se escondió detrás de un barril y ubicó las dagas cerca de los tres soldados. Zenrot contó cinco dagas, pero la más grande se dividió en dos. Keishla respiró hondo y apuntó a cada soldado. Las dagas se dividieron en dos grupos; la mitad se dirigió hacia los dos soldados solos en la casa, y el resto apuntó a los soldados que estaban de pie junto a un vehículo. La última daga se separó del segundo grupo, y siguió a uno de los soldados que patrullaban cerca.

Keishla exhaló y chasqueó los dedos. Cada daga se lanzó hacia delante, cortando la garganta del soldado designado. Salió corriendo de su escondite, se deslizó por detrás de uno de los soldados restantes y les retorció la cabeza bruscamente. La última daga apuñaló al último soldado en la nuca. Todos los soldados murieron y los cuchillos volvieron directamente a la mochila de Keishla. «No puedo negarlo. Eso fue genial», pensó Zenrot. Keishla levantó el brazo y movió la mano en círculo.

—Es la señal. Vamos —dijo Astred. Se paró un momento para preparar su cuerpo. Su piel se convirtió en acero, lo que hacía difícil herirlo—. ¡Salta ahora! —Astred saltó y Zenrot lo siguió, ambos se dirigieron hacia donde estaban los Gólems. Los soldados enemigos gritaban que los estaban atacando. Un Gólem detectó la amenaza y asestó un fuerte golpe a Astred. Astred bloqueó con los brazos, sin reaccionar por el dolor. Invirtió el bloqueo y agarró el brazo del Gólem para tirarlo al asfalto—. ¡Zenrot, ahora! —gritó. Zenrot cayó desde arriba, atravesó al Gólem con su espada y lo destruyó por completo. Había cuatro Gólems más para derrotar.

Zenrot sacó su arma y cargó una pequeña fracción de su energía que luego disparó a los Gólems. Astred aplacó a un Gólem contra el suelo y le propinó un puñetazo rápido y fuerte para que el robot se aplanara. Uno estaba a punto de emboscar a Astred, pero Zenrot saltó para apartarlo. Un disparo en el pecho lo apagó.

—¡Gracias! —dijo Astred. Zenrot asintió y ambos siguieron luchando.

Al otro lado, los soldados de Sentry Run que retenían a los rehenes estaban tan asustados que no encontraban sus walkie talkies para pedir refuerzos. Antes de que pudieran hacer nada, Freddy los acorraló.

—Hola, chicos —dijo, y con un golpe de la guadaña cortó a los soldados por la mitad. Los uniformes de los enemigos ardían debido a la hoja en llamas. Llegaron refuerzos y los soldados empezaron a dispararle a él y a los rehenes. Freddy movió su guadaña creando un escudo de fuego que lo protegía de las balas, derritiéndolas—. Esto es demasiado fácil. —Creó un anillo de fuego alrededor de los rehenes para protegerlos también de los disparos. Freddy se sintía confiado luego de haber matado a todos los refuerzos.

Sin embargo, quedaba un soldado que había sido más astuto

que él y se había escondido en algún lugar fuera de su campo de visión. Mientras el soldado de Sentry Run apuntaba a los rehenes y justo antes de que estuviera a punto de apretar el gatillo... ¡Slash! Keishla llegó y le cortó la cabeza.

—Te falto uno —dijo con fastidio—. La próxima vez mira a tu alrededor antes de incurrir en tanta irresponsabilidad.

—Ah, vamos. Luché bien, ¿verdad?

—Esto no es un juego, Freddy.

—Ella tiene razón —dijo Astred mientras indicaba al escuadrón de rango azul que entrara en combate. Cuando llegaron, Astred le dijo a Freddy que ayudara haciendo espacio para el camión. Todos los rehenes eran humanos, no había señales de mutantes entre ellos. Zenrot iba detrás del grupo, transportando piezas de Gólem para utilizar como suministros y material de investigación de los científicos de Art Gun. Algo empezó a molestar a Zenrot y examinó los alrededores. Cuando estaban listos para partir, Keishla se dio cuenta de que Zenrot había desaparecido. Estaba a unos metros de distancia. Se dirigió hacia él.

—¡Hey, Dark Boy! —Keishla lo llamó—. Nos vamos, ¿vienes o qué? —Se acercó a él.

—Es extraño —dijo en voz baja.

—¿Extraño qué?

—Fue demasiado fácil.

—Quizá porque no nos esperaban.

—Eso, o era una prueba...

—Aclara, Dark Boy. Vamos, no tenemos todo el día. —Zenrot la siguió y se sentó dentro del camión para regresar a la base de Art Gun. Keishla olvidó de qué había estado hablando, pero se quedó mirando pensativamente los restos de uno de los robots y se fijó en sus vidriosos ojos rojos. «Hay algo raro en estos androides y no sabría decir qué», pensó en el camino.

***

Habían pasado casi tres años. Era 22 de mayo de 1969. El FEM, junto con otras brigadas, había ido de ciudad en ciudad liberando más civiles, pero ni uno solo de ellos era un mutante. Los habían matado antes de que pudieran salvarlos. Algunos decían que Sentry Run se había llevado a los mutantes a sus instalaciones, aunque no tenía sentido. ¿Por qué iban a llevarse mutantes si su objetivo era eliminarlos?

Sin embargo, habían descubierto que Zenrot estaba en lo cierto. Las batallas eran demasiado fáciles. Mojo clasificó las distintas partes del interior de la cabeza del Gólem y encontró una grabadora de vídeo que filmaba el combate en directo, estaba conectada a un transmisor en la cabeza del Gólem. Sentry Run tenía pruebas de lo grande que era la amenaza del FEM. Tenían que trabajar más rápido.

Durante todo ese tiempo, Art Gun había estado trabajando en una estrategia para atacar la base de Sentry Run y acabar con la guerra de una vez por todas. Arashi recibió información de alguien que trabajaba en la clandestinidad del cuartel general de Sentry Run, y habló de su plan para infiltrarse con Mojo.

Como las FEM estaban contribuyendo a la causa recuperando las ciudades, el enemigo se había retirado a su base. Sin embargo, enviar hombres a atacar directamente no era la mejor opción:

los hombres morían al llegar. Todos habían sido eliminados, pero no a manos de un humano. El informador dijo que Sentry Run creado algo para eliminar amenazas pesadas. Sentry Run se centró más en la creación de armas que en el entrenamiento de humanos, ya que no confiaban en nadie, ni siquiera en ellos mismos.

Mojo estaba en una silla frente al escritorio de Arashi.

—¡Debemos atacar ya! —gritó, saltando de la silla—. ¿Cuánto tiempo seguirás enviando hombres? ¿Hasta que mueran todos? Creía que habías formado el FEM por una razón.

—Y lo hice —respondió Arashi con calma.

—Entonces, ¿por qué no enviarlos ya? —gritó Mojo enfadado.

—Porque no quiero perder soldados valiosos como perdí al primer equipo del escuadrón Sombra. Lo cual estoy seguro que sabes sobre el asunto.

Mojo se burlo y miro a otra dirección para evitar hacer contacto con Arashi.

—Ademas, estoy esperando información.

—¿Y eso qué sería, exactamente? —En cuanto Mojo terminó la frase, alguien salió del ascensor: un mensajero que corría tan rápido como podía hacia Arashi.

—Ah, estás aquí. Dime que tienes algo —dijo Arashi. El mensajero tenía una carpeta en las manos y se la entregó al general. Cuando empezó a leer, su expresión cambió. La situación era peor de lo que pensaba.

—¿Qué pasa? —preguntó Mojo—. No me gusta tu cara , es muy raro que muestres miedo.

—En todo este tiempo... no se ha encontrado ningún mutante... —Arashi murmuró.

—Con el debido respeto, ¿qué está pasando? —dijo Mojo desesperadamente.

—Han reunido suficientes mutantes para utilizar su ADN y crear un arma... Un arma que puede destruir fácilmente cualquier tipo de mutante, sin importar la amenaza. —Miró al mensajero—. ¡Informe al FEM para que se presente en mi despacho, inmediatamente! —El mensajero asintió y salió por el ascensor.

—¡Estás loco! ¿Por qué enviarías al FEM? Dijiste claramente que esta cosa puede matar a cualquier mutante.

—La información indica que no está completamente desarrollado, pero están a punto de terminarlo. Lo han estado probando en su cuartel general. Esto podría ser lo que mató a la mayoría de nuestros hombres. —Mojo parecía sorprendido—. Eso no es todo. Algo salió mal en su cuartel general. —Arashi reveló las imágenes de las pruebas en el exterior del cuartel general de Sentry Run. Tanto Art Gun como los hombres de Sentry Run estaban muertos, sus cuerpos esparcidos fuera de un edificio destruido—. Se ha extendido un rumor entre las tropas, no se atreverán a ir a su cuartel general aunque les obligue. Creo que el FEM es nuestra mejor opción. Además, han tenido éxito en todas y cada una de sus misiones. Creo que están más que preparados para este tipo de situación.

—Si usted lo dice, general. Por cierto... —Miró los papeles del escritorio mientras arqueaba una ceja con curiosidad—. ¿Tiene nombre esta arma?

Arashi volvió a comprobar los papeles, visiblemente asustado. Mojo nunca le había visto tan atemorizado. El general permaneció en silencio, revisando el dossier hasta que finalmente dijo:

— Creo que se llama... «Proyecto V».

***

Zenrot y su equipo habían limpiado varias ciudades de Sentry Run. Después de Magwer, el equipo FEM decidió ir hacia el sur ya que los pueblos eran pequeños. No fueron a Scateror, debido a que había quedado en cantos después que Art Gun se encontró con Zenrot. Pasaron a la ciudad de Charcel, donde rescataron varios civiles y los llevaron hacia la base de Art Gun. Luego, les tocó la ciudad Mircorion, donde, desafortunadamente, todos los civiles fueron ejecutados. Muchos civiles ordinarios habían escondido mutantes para poder salvarlos. Cuando Sentry Run se enteró sobre la situación, decidió eliminar a todo ser vivo en la ciudad.

Zenrot y su equipo lograron eliminar a las tropas enemigas, pero Zenrot se enojó aunque hubieran ganado. No solo porque todos los civiles murieron en vano, sino porque Sentry Run usó solamente Gólems y Espartanos para atacar la ciudad. Ni un solo soldado humano de Sentry Run apareció en la batalla. La duda de todos los miembros de FEM era si Sentry Run estaban creando robots cada vez más rápido o si había menos humanos dentro de su organización... o si simplemente eran cobardes.

Ese mismo día, 22 de mayo de 1969, a las 17:46 horas, los FEM se encontraban en otra localidad llamada Dursela. Era la última y la más grande. Sentry Run había enviado un escuadrón para atacar. Como Zenrot y los demás ganaron la mayoría de los combates, no era necesario arriesgar a muchos de los hombres. El equipo Bravo de rango azul tenía quince hombres dispersos por el lugar buscando supervivientes. Zenrot estaba sentado en el suelo con las piernas cruzadas. Astred recogía piezas de los robots destruidos, mientras Keishla estaba sentada en una roca cercana y Freddy se tumbó de espaldas en el suelo con las manos detrás de la cabeza.

—Esto es cada vez más fácil, somos un equipo bastante bueno después de todo —dijo Freddy con calma.

—¿Qué sigue, Astred? —preguntó Keishla.

—Por ahora, esperaremos hasta que los soldados comprueben el perímetro. —Astred arrancó una unidad de memoria de uno de los robots y cables de otro, y guardó ambos en su mochila de viaje.

—¿Para qué es eso? —preguntó Zenrot con curiosidad.

—Es un invento tonto que tengo en la base.

—¿No exige Arashi que todas las herramientas útiles vuelvan al laboratorio para los científicos? —recordó Keishla, ya que Arashi siempre era estricto con sus órdenes.

—Cierto, pero ¿qué sentido tiene dar buenos materiales cuando podemos hacer algo nosotros mismos? —Guiñó un ojo en señal de confianza y Keishla y Freddy rieron. Zenrot sonrió. Astred miró a su alrededor y susurró al grupo—: Recuerden que nosotros también debemos cuidarnos. No se puede confiar en todo lo que hacen.

Zenrot se sorprendió de cómo hablaba de Art Gun y preguntó:

—¿Supones que traman algo?

—No lo sé, pero recuerda que no todos sus métodos son los correctos. —Justo cuando Astred expuso su punto de vista, un soldado llegó a su ubicación y anunció que habían sido requeridos en la oficina de Arashi lo antes posible. Les sorprendió que de repente les necesitaran, ya que acababan de terminar un combate. Algo malo debía haber pasado. Fueron al camión y se dirigieron a la base. Tras una hora de viaje, Zenrot y los demás atravesaron las puertas de Art Gun y se apresuraron para llegar al despacho de Arashi tan rápido como pudieron. Arashi estaba sentado en su escritorio. Las FEM se formaron en una línea recta uniforme y espaciada frente al general.

—Buenas tardes, soldados —dijo Arashi—. ¿Cómo fue la misión?

—Bastante fácil y sencilla —dijo Freddy con seguridad.

—Me alegra que te resulte fácil, porque ahora empezará la verdadera guerra. —Todos jadearon por la sorpresa—. Por fin tenemos información oficial sobre el cuartel general de Sentry Run. Parece que hubo una brecha dentro de su base.

—¿Qué ha pasado exactamente? —preguntó Zenrot. Arashi puso una serie de fotos sobre su escritorio. Un edificio de treinta pisos. Ventanas rotas. Soldados muertos de Art Gun y Sentry Run. Hubo una masacre fuera del edificio.

—¿Qué... carajos...? —dijo Keishla, impactada por las imágenes.

—Me pregunto lo mismo. Asumimos que algo salió mal dentro del edificio.

—¿Cuál es nuestra misión, entonces? —preguntó Astred.

—Tienen dos objetivos. Primero, encontrar investigaciones, planos y cualquier otro dato que podamos usar en su contra para averiguar su próximo plan.

—Supongo que esto no es lo difícil, ¿verdad? —señaló Zenrot.

—Me temo que no. Mientras ustedes buscan la información, su misión secundaria es destruir el arma que puede acabar con cualquiera, incluso con los mutantes. Se llama «Proyecto V». —Se asustaron un poco—. Sentry Run estaba trabajando en un proyecto usando ADN de mutantes para formar esa arma. La razón por la que no han encontrado más mutantes es porque los hombres de Sentry Run se les adelantaron.

—¿Cómo es que nadie nos dijo nada de esto? —preguntó Astred a Arashi.

—Acabamos de enterarnos por uno de los civiles que ustedes salvaron. También lo confirmó nuestra última entrega de inteligencia —respondió Arashi. Astred no se lo podía creer—. En tres días serán enviados a la isla del Desierto Verde en helicóptero.

—¿Solo nosotros? —preguntó Zenrot con curiosidad.

—Correcto.

—Creía que iban a enviar tropas de apoyo —exigió Astred.

—Será mejor que los enviemos solo a ustedes cuatro. No queremos que te preocupes por tus aliados mientras estés en la misión. Es una misión difícil, soldado. No podemos fallar. Debes destruir el arma y recuperar toda la información que encuentres. Esta será la oportunidad perfecta para obtener por fin una gran ventaja contra Sentry Run ¡de una vez por todas! —dijo con orgullo.

Keishla y Freddy parecían convencidos con el plan. Sin embargo, a Zenrot lo ponía nervioso ir los cuatro solos a la misión. Zenrot se dio cuenta de que Astred también encontraba algo extraño. Les dieron tres días para prepararse y luego los despidieron.

Los cuatro se dirigieron al vestíbulo, pero se desviaron antes de abandonar el edificio. Zenrot chasqueó los dedos y volvió en busca de Mojo para hacerle unas preguntas sobre su arma. Lo encontró trabajando en su escritorio, rodeado de un puñado de otros científicos. Zenrot se acercó a él, y Astred y los demás lo siguieron.

Mojo estaba siempre ocupado e intrigado por las nuevas investigaciones. Apresurado, gritaba a su equipo para que trabajara más rápido y de forma más eficiente. Zenrot intentó llamar su atención, pero Mojo estaba concentrado. Keishla no quería esperar más de lo necesario.

—¡Eh, calvito! —gritó, y luego miró hacia otro lado.

—¿Quién demonios llama? Oh, eres tú, Zenrot. Perdóname, me pareció oír que alguien me llamaba groseramente.

—No me digas —murmuró Keishla, provocando la risa de Freddy. Astred les dirigió una mirada que podía entenderse como un «compórtate». Zenrot le hizo a Mojo algunas preguntas sobre el arma. Mientras discutían, Freddy echó un vistazo a la zona de ingeniería para entretenerse. Se fijó en un expediente con su nombre encima del escritorio de Mojo. Tenía un sello rojo que decía «Sujeto 01», lo que le despertó curiosidad. Caminó lentamente hacia Zenrot, fingió un resbalón y se estrelló encima del escritorio de Mojo.

—¡Maldita sea! Lo siento, tonto de mí —dijo, haciendo un ademán de disculpa tímidamente—. Debo haber pisado algo con todo este trabajo alrededor. —Los papeles habían saltado por los aires y Mojo intentaba agarrarlos todos mientras caían revoloteando.

—¡Imbécil! Ten cuidado. Casi fastidias un montón de trabajo.

En cuanto Freddy dio un paso atrás, deslizó la carpeta fuera del escritorio y la escondió detrás de su espalda. Después de mirar a su alrededor para asegurarse de que nadie lo había visto coger la carpeta, se la metió dentro de los pantalones.

Tras una larga conversación, Zenrot obtuvo la información que necesitaba. Un miembro del personal detuvo a los FEM antes de que partieran y les pidió una foto de cada uno de ellos para adjuntarla a sus expedientes personales. Zenrot y los demás siguieron al hombre hasta un estudio fotográfico donde hacían retratos para los soldados. El fotógrafo colocó su cámara frente al telón de fondo blanco para componer la toma.

—Muy bien, ¿quién quiere ir primero? —preguntó el fotógrafo. Astred se ofreció voluntario y el fotógrafo hizo dos fotos, una de pie mirando al frente y otra mirando hacia un lado. Después fue Freddy, a continuación Zenrot y por último Keishla. Antes de marcharse, Astred se dirigió al fotógrafo y le preguntó si estaba bien hacerles una foto a los cuatro juntos porque quería un recuerdo.

—¿Hablas en serio? —preguntó Keishla, molesta.

—Sí —señaló Astred—. Quiero que cada uno de nosotros tenga una foto que pueda llevar en el bolsillo.

—¡Oh, una foto familiar! —dijo Freddy, agarrando las mejillas de Keishla y burlándose de ella—. Vamos, Keishla. Imagina a los cuatro mutantes, los héroes de Art Gun. Los que lograron la paz entre mutantes y humanos—. Ella le dio un puño en el brazo.

—¿De verdad tenemos que hacerlo? Odio hacerme fotos —dijo Keishla, irritada, mientras todos iban a posar. Astred se colocó detrás, ya que era el más alto. Los demás se colocaron en fila delante de él: Zenrot, Keishla y Freddy. El fotógrafo les hizo una señal para avisar que estaba por tomar la foto: «Cinco, cuatro, tres, dos, uno...» y ¡clic! Antes de irse, indicó que estaría lista el día siguiente. Por fin salieron del edificio. Se había hecho de noche y después de un día tan largo, no querían otra cosa que volver a la residencia a dormir.

CAPÍTULO
CUATRO

A la mañana siguiente, el sol calentaba más que nunca. Zenrot estaba solo en el campo de entrenamiento practicando con su espada. Astred dijo que estaba trabajando en algunos proyectos con la chatarra que había recuperado de la última misión. Freddy comentó que no se encontraba bien y se quedó en su dormitorio. Keishla no había contestado cuando llamó a su puerta. Zenrot llevaba tres horas fuera, así que tomó un descanso de cinco minutos. Se sentó en la hierba con las piernas cruzadas, dejó la espada a un lado y bebió una botella de agua. Oyó que alguien se acercaba por detrás.

—Vaya, parece que no has dormido en toda la noche. —Reconoció la voz y se sorprendió de quién era.

Zenrot miró hacia atrás.

—Qué sorpresa, ¿ha pasado algo, Keishla?

—Bueno, yo quería practicar sola, pero Astred sabía que estabas aquí y me obligó a compartir el campo de prácticas contigo —dijo Keishla con claro enfado. A pesar de su tono, se puso a su lado y le ofreció la mano para ayudarlo a levantarse. Él la aceptó. Aunque llevaban años trabajando juntos, Zenrot sabía que a ella seguía sin gustarle estar cerca de él.

—¿Por qué me odias tanto? —preguntó seriamente.

—Porque tú eres tú —le contestó ella sonriendo.

—Muy gracioso. —Su respuesta fue tajante. Keishla lo ignoró por completo y se dirigió a practicar. Zenrot la agarró del brazo y ella lo miró más enfadada que nunca.

—Tienes suerte de que tu mano aún esté unida a tu brazo. Quítala.

—¿Es porque la gente te ha tratado mal? Quiero decir, ¿te he tratado mal desde que llegué? Solo veo que tratas mal a todo el mundo.

—¡No sabes una mierda de mí! —Sacó una daga de su mochila. Flotaba en el aire, con la punta apuntando a Zenrot. Él levantó las manos, dio un paso atrás y trató de comunicarle que no quería hacerle daño.

—Sé que los médicos de urgencias y de la clínica no curaron tus heridas y cicatrices como debían —dijo en voz baja—. No confías en ellos porque te hicieron daño y no tenían intención de ayudarte. Por eso prefieres dejar que tus heridas se curen solas.

Keishla, en silencio, bajó la mirada y su expresión se suavizó.

Zenrot continuó.

—No espero que seas mi amiga ni que tengas ningún tipo de vínculo, pero quiero que me des la oportunidad de ganarme tu confianza. —Keishla se quedó pensativa. La daga volvió lentamente a su mochila.

Respiró hondo.

—Mira, voy a ser honesta contigo ¡y presta atención! Pareces un buen tipo, lo reconozco. Me cuesta fiarme de alguien, sobre todo por cómo se comporta todo el mundo por aquí. Realmente no confío en nadie del ejército, algunos son unos malditos racistas y unos bastardos mezquinos. Me costó mucho confiar en Freddy, que es un tipo tranquilo, pero engreído.

—¿Y Astred? —preguntó Zenrot.

—Astred, bueno... no sé, no es como nadie que haya conocido. Siempre se preocupa por los demás, no importa quién seas o cuál sea tu origen. Especialmente si eres un mutante. Los ve a todos como familia. Podría decir que es como una figura paterna. Es un tipo adorable, no puedo ser mala con él. Por eso cada vez que me llama, me enfado, pero no le contesto. Siempre busca lo mejor de cada uno. También confía plenamente en ti. No me lo ha dicho personalmente, pero sé que lo hace.

Zenrot se sintió halagado. Rápidamente cambió de opinión y preguntó:

—¿Y tú? ¿Puedes confiar en mí?

—Bueno... quiero decir, eres el segundo al mando en este equipo. La razón por la que me quejaba es porque temo que nos lleves a Freddy y a mí a la muerte.

—Lo último que quiero es ver morir a mis camaradas. Prefiero sacrificarme antes de que alguien salga herido —dijo con orgullo. Por alguna razón, Keishla supo que lo decía en serio. Quería decirle que podían trabajar juntos y ver si, con el tiempo, podía confiar en Zenrot, pero su presunción no la dejaba confesarlo.

—Veremos cómo va. —Keishla dejó su mochila en el suelo y empezó a caminar hacia el campo.

—¿A dónde vas?

—A entrenar. ¿Vienes o qué? Veamos lo que puedes hacer. —Caminó tres metros más e inició una pelea de práctica con Zenrot. Él sonrió, avanzó hacia ella y adoptó una posición de combate.

«No respondió a todas mis preguntas... pero es un comienzo», pensó. Entonces empezaron a luchar.

***

Eran las 17:56 de la tarde. Zenrot y Keishla habían practicado en el campo de entrenamiento durante un par de horas antes de regresar a sus habitaciones para descansar. Sus ropas estaban sucias y rotas; se habían esforzado al máximo, como en una batalla real. Ambos tuvieron la oportunidad de conocer los límites del otro. Cuando llegaron al cuartel general, Astred estaba fuera hablando con Freddy y, por la expresión de sus caras, no era una charla agradable. Se dieron cuenta de que Zenrot y Keishla habían llegado y cambiaron de tema.

—Por fin se están llevando bien —dijo Astred alegremente.

—No seas tonto. Está en nuestro equipo, más vale saber si es un buen luchador.

—¿No se supone que ya lo sabías? —Freddy señaló—. Quiero decir, hemos estado juntos durante años...

—Freddy, una palabra más que salga de tu boca y te la sello. —Todos rieron juntos—. Por cierto —le dijo a Zenrot—, procura no dormir muy temprano hoy. Tú tampoco, Freddy. —Keishla hizo contacto visual con Freddy para asegurarse de que estaban hablando del mismo tema. Zenrot, confundido, le susurró a Astred si debía preocuparse. Él se rio y le aseguró

49

que no debía asustarse. Keishla insistió en que Astred se uniera, pero él se negó porque trabajaría toda la noche. Entraron en el edificio y Astred se fue a su habitación. Justo antes de entrar en sus cuartos, Keishla se dirigió a Zenrot y a Freddy:

—Estén afuera a las ocho. Si no aparecen, no esperen que confíe en ustedes tan fácilmente. ¡Oh! Y no hace falta que traigan sus armas. —Todos entraron a sus habitaciones individuales. Zenrot se duchó, se puso una camisa gris y unos vaqueros marrones y se tumbó en la cama a esperar. Se preguntaba de qué iba todo aquello de reunirse con Keishla y Freddy fuera del cuartel general. Ella mencionó que era un voto de confianza, así que por algo se empezaba. Esperó, consultando periódicamente su reloj.

A las 19:55, Zenrot salió de su habitación. Cuando abrió la puerta principal, Freddy ya estaba fuera.

—Ah, estás aquí —dijo Freddy con alegría. Su pelo estaba apagado, sólo tenía un pequeño fuego encendido. Iba vestido igual que Zenrot—. Keishla no ha llegado todavía, así que siéntete libre de esperar.

—¿No era ella la que quería que seamos puntuales?

—Sí... Nunca llega a tiempo.

—¡Te escuché, fueguito artificial! —Keishla gritó mientras atravesaba las puertas. Cuando salió, llevaba el mismo atuendo que ellos. El pelo, negro y liso, estaba suelto y le llegaba a la cintura—. Bueno, ¡manos a la obra!

—¿A dónde vamos? —preguntó Zenrot.

—Solo síguenos, Dark Boy. Nos dirigimos fuera de la base, así que será mejor que no te quedes atrás. —Empezó a esprintar y Freddy la siguió. Zenrot se quedó atrás y corrió rápidamente hacia ellos. Los tres avanzaron a un ritmo inhumano, pasando por delante de todos los soldados. Ninguno de ellos notó su presencia, solo sintieron las ráfagas de viento que su velocidad producía. Pasaron la puerta de entrada, corrieron hacia un bosque y hacia un acantilado gigante que Keishla escaló. Avanzaron hasta que los árboles desaparecieron. Freddy llegó después de Keishla, y Zenrot arribó último.

—Muy bien, ya estamos aquí. —Estaban en un espacio abierto, sin aldeas ni soldados, solo un bonito paisaje de cielo y bosque. Keishla se tumbó en el suelo mientras Freddy recogía ramas y piedras para encender un fuego. Hizo un anillo con las piedras y colocó las ramas en el centro, encendiéndolas con un chasquido de dedos.

Zenrot caminó despacio, curioso por el acontecimiento.

—¿De qué va todo esto? —preguntó a Keishla.

—Es un lugar para descansar y relajarse —dijo mientras miraba el cielo—. ¿Qué? ¿Nunca saliste de la base?

—La verdad es que no.

—Maldita sea, no me extraña que estés tan aburrido y perdido. Caray.

Freddy se rio y señaló el claro.

—Es un lugar en el que podemos hablar libremente y disfrutar del momento. —Se encogió de hombros—. Aquí no nos dispararán.

Keishla puso los ojos en blanco y, despreocupada, arrancó hojas muertas de una rama caída y las arrojó a la hoguera mientras los chicos se sentaban. Intercambiaron anécdotas sobre sus experiencias durante el entrenamiento de la FEM.

Freddy y Keishla habían entrenado juntos, con Astred como

mentor. Al ver la confusión en el rostro de Zenrot, negaron con la cabeza.

—No confiábamos en los mayores que nos asignaron.

Freddy asintió y continuó:

—Como Astred tenía experiencia, y Arashi nos había pedido que eligiéramos a quien quisiéramos, no tenían elección.

Zenrot observó a Keishla. Recordó haber discutido con ella sobre cómo Ryan ni siquiera era un comandante real que estuviera cualificado para entrenarlo. El pensamiento le hizo preguntarse dónde estaría Ryan, cómo le iría en sus misiones. Esperaba que estuviera bien.

Keishla se dio cuenta de que, al mencionar el entrenamiento, Zenrot se había quedado callado, y le tiró tierra para sacarlo de su ensoñación.

—¿Qué tiene de especial tu comandante Ryan?

Su respuesta fue breve, pero sincera. Describió cómo Ryan había abogado por él y cómo había entretejido en la instrucción una disciplina estricta con una amabilidad genuina.

—¿Por eso apretabas los puños el día que nos conocimos? ¿Por la noticia sobre Ryan?

Sacudió la cabeza.

—No, fue por el primer amigo que hice aquí: Brandolf, del batallón amarillo. Estaba en el escuadrón que me encontró en Scateror. Me molesté porque Arashi mencionó que habían sido aniquilados. —Zenrot hurgó en un trozo de vieja corteza de árbol que había en el suelo y luego lo pulverizó entre las yemas de dos dedos—. Tenía muchas ganas de demostrarle lo fuerte que me he vuelto. Espero que no le pase lo mismo a Ryan.

Keishla se escondió detrás de su mata de pelo oscuro, con la cabeza gacha. Zenrot casi podía distinguir su expresión: una mezcla de vergüenza y disgusto por haberse burlado de él, pero sin genuino arrepentimiento.

Freddy trató de disipar la incomodidad y dirigió su atención a las estrellas para contarlas. Keishla señaló la silueta de un reno y Zenrot les mostró dónde había visto una flauta.

Freddy saltó:

—¡Espera! Yo también veo algo. Justo ahí, sobre esos árboles. Parece... carne.

Zenrot y Keishla lo fulminaron con la mirada.

—¿Qué? Tengo hambre —dijo Freddy. Los tres empezaron a reír, pasándoselo mejor que nunca. Después de que se les pasara la risa, se sentaron en paz, admirando lo hermosas que brillaban las estrellas en la oscuridad. Fueron capaces de olvidarse momentáneamente de todo lo demás —la guerra, el caos— y simplemente vivir el momento.

—Gracias, chicos. —Zenrot rompió el silencio.

—¿Por qué? —preguntó Freddy.

—Por traerme aquí.

—Bueno, todavía hay cosas que no me gustan nada de ti —dijo Keishla rotundamente.

—Oh, vamos, Keishla. Tú eras la que quería traerlo aquí.

—Lo que sea.

Freddy se rio de su terquedad y luego les confesó que Arashi le había pedido una reunión para el día siguiente; les explicó que tendría que regresar en algún momento. Zenrot preguntó si sabía de qué se trataba, pero Freddy no tenía idea. Supuso que debía tratarse de una misión y Keishla preguntó si podían unirse. Por desgracia, solo habían solicitado la presencia de Freddy. Él ni siquiera debía darles la noticia, pero pensó que, al final, se habrían enterado de igual manera.

Keishla parecía preocupada, no quería que algo malo le ocurriera a Freddy e insistió para acompañarlo. Zenrot intentó tranquilizarla, pero ella no podía estar en calma. Freddy no estaba alarmado; insistió con que si algo salía mal, se defendería solo. Él creía que era lo suficientemente fuerte como para enfrentarse a cualquiera.

Cambió de tema y comentó sobre las estrellas. Se quedaron mirándolas durante horas. Al final, les entró sueño. Todos se levantaron y apagaron el fuego. Zenrot y Freddy estaban listos para irse.

—¡Espera! —gritó Keishla. Zenrot y Freddy se dieron la vuelta—. Que esta sea una noche para recordar. Pueden pasar muchas cosas después de la misión. Si sobrevivimos, deberíamos repetirlo. —Freddy se quedó en silencio porque no sabía qué contestar.

—Por supuesto —respondió Zenrot de buena manera—, una vez que todo esto termine, volveremos aquí de nuevo. Es una promesa. —Keishla se sintió aliviada al saber que alguien más creía en el futuro. Le dio un puñetazo en el brazo a Zenrot y luego a Freddy, era una extraña forma de mostrar su agradecimiento.

—Gracias, Dark Boy. Aunque sigo odiándote —dijo, y se marchó sola hacia la base.

—Considérate un hombre afortunado —dijo Freddy—. Conoces a Keishla hace poco tiempo y ella ya tolera tu presencia.

Eso es un logro, créeme. —Freddy regresó a la base con Zenrot detrás. Le halagaba saber que Keishla lo aceptaba a su extraña manera. Era mejor que nada y Zenrot solo esperaba no meter la pata.

—Bueno, veamos cuánto dura —se dijo Zenrot. En dos días comenzaría su viaje hacia una verdadera misión.

CAPÍTULO CINCO

25 de Mayo de 1969

Eran las siete de la mañana y el equipo de FEM estaba en el despacho de Arashi esperando órdenes mientras recibían la información completa de la misión.

—Bien, soldados, la misión no es sencilla. Están a punto de infiltrarse en la fortaleza más fuerte de la organización Sentry Run: su cuartel general. Esperen resistencia y amenazas masivas. Tienen dos objetivos. Uno, recuperar información de todas sus investigaciones sobre armas, armaduras o cualquier cosa que pueda beneficiar a nuestra unidad. La segunda es la parte más difícil. Destruir el «Proyecto V». Es una amenaza de máximo nivel para todo lo que hemos trabajado y debe ser eliminado cueste lo que cueste. Cuando hayan terminado, informen a Art Gun. —Arashi les dio una radio a cada uno para que se comunicaran entre ellos en caso de que se separaran. Mientras se preparaban, Arashi les dio un último mensaje—. Recuerden, son nuestra última esperanza para mantener viva nuestra visión: mutantes y humanos pueden coexistir y luchar juntos como uno solo. El fracaso no es una opción.

Todos llevaban armaduras que cubrían sus brazos, pecho y piernas, excepto Astred. Zenrot lo miró y se dio cuenta de que estaba examinando la espada y la pistola de Zenrot, junto con las armas de Keishla. Entonces, Astred se acercó a la guadaña de Freddy, la miró de arriba abajo y fijó un pequeño dispositivo al bastón, justo detrás de la hoja.

Zenrot se acercó a Astred.

—¿Qué haces? —preguntó.

—Solo algunas mejoras para mantener la energía —respondió Astred—. Freddy tiene la mala costumbre de excederse en sus habilidades. Así que creé un dispositivo para ayudarlo a regular su energía mientras está en el campo de batalla.

—¡Oh, eso es genial! —dijo Zenrot—. ¿En eso has estado trabajando toda la noche?

—Más o menos —dijo Astred cojeando—. Pero no le digas mucho de esto a Freddy.

—¿Por qué?

—Ya sabes lo engreído que puede llegar a ser. Además... —dijo Astred—. Al final se enterará. —Le guiñó con confianza.

Zenrot soltó una pequeña carcajada.

—Tomo nota.

Zenrot tomó su espada y el revólver. Keishla cogió su mochila con las dagas y se ató una espada a la cintura. Zenrot no se había dado cuenta de que usaba una espada hasta ese momento. «No deja de sorprenderme», pensó. Freddy, por su parte, solo usaba la guadaña. Astred trajo parte de su apoyo técnico y suministros para la misión. Los cuatro se dirigieron al helicóptero que los esperaba para escoltarlos hasta la zona de lanzamiento.

—¡Esperen! —Astred gritó a su equipo.

—¿Qué pasa? —preguntó Zenrot, confuso.

—Quiero que dirijas el equipo esta vez.

—¿Hablas en serio? —dijo Zenrot, sorprendido.

—Lo estoy —contestó Astred, seguro de su decisión—. Es solo cuestión de tiempo que un día debas tomar grandes decisiones.

—Aun así... ¿no crees que es mejor si...?

—¡Muy bien! —Freddy los interrumpió—. ¡El minijefe nos guía hoy! —Pasó junto a Zenrot de camino al helicóptero. Zenrot se quedó atónito. De todas las oportunidades en las que podría ser el líder, ¿por qué tenía que ser en esta misión?

—Será mejor que no la cagues. —Keishla se acercó lo suficiente como para susurrarle al oído.

Astred pasó junto a Zenrot cargado equipos, lo cual explicaba por qué eligió a Zenrot para liderar: quería concentrarse en hackear los sistemas de Sentry Run mientras Zenrot guiaba a los demás.

Todos subieron al helicóptero. Astred escondió su equipo en un lugar seguro y se dio cuenta de que Zenrot estaba detrás, nervioso. Se acercó a él y puso su mano en el hombro del mutante más joven. Astred sonrió. Su expresión comunicaba claramente lo que intentaba decirle a Zenrot: «Tú puedes con esto». Zenrot asintió con seguridad y ambos subieron al helicóptero.

Arashi estaba cerca del aeródromo con las manos en

la parte baja de la espalda y sus guardaespaldas a su lado, vigilando la partida del equipo. En el camino, Zenrot estudió las especificaciones de las amenazas que podrían encontrar. Astred trabajaba en sus artilugios. Keishla afilaba sus dagas, y Freddy estaba recostado contra la pared del helicóptero, durmiendo hasta que llegaran.

Pasaron cuatro horas y el helicóptero llegó a su destino. Aterrizó entre los árboles lentamente, a unos kilómetros la zona a la cual tenían que dirigirse. La isla se llamaba Desierto Verde debido al enorme bosque que la cubría. El FEM desembarcó del helicóptero. Observaron un enorme edificio de treinta pisos de altura. Se escondieron detrás de los árboles desde donde podían ver la ubicación del objetivo. Llevaría tiempo completar la misión con solo cuatro de ellos. Zenrot reunió al equipo para ultimar el plan.

—Muy bien, chicos, escuchen. Cuando entremos, Freddy y Keishla explorarán el área delantera, destruyendo todo lo que se mueva. Yo me quedaré detrás para asegurarme de que nadie nos tienda una emboscada. Mientras los tres luchamos para asegurar la zona, Astred hackeará el sistema para encontrar los laboratorios de investigación. ¿Alguna pregunta?

Keishla levantó la mano.

—Mmm, sí, ¿por qué tienes que liderar? Necesito un mejor jugador de equipo.

—Bueno, puedo dejarte luchar sola y llevarme a Freddy conmigo, para que no muera por tu culpa.

—Oye, sé cuidar de mí misma y también de los demás. Así que no te burles de mí.

Freddy agitó los brazos de arriba y abajo e interrumpió la conversación.

—Niños, ¿podemos centrarnos en nuestra misión? Astred, ¿con cuántos enemigos debemos luchar en nuestro camino hacia el interior?

Astred miró la descripción de la misión.

—Si no recuerdo mal, la información dice que no hay soldados. Técnicamente, no hay nadie vivo para mantener este edificio en funcionamiento. Lo que mató a los soldados de Art Gun y Sentry Run es desconocido. No sabemos exactamente a qué nos enfrentamos, aparte del «Proyecto V». Manténgase en alerta.

El FEM corrió hacia la entrada del edificio y se abrió paso a golpes. No había nadie custodiando el lugar. La entrada principal y los pasillos estaban despejados. Freddy y Keishla se adelantaron hacia el primer piso mientras Zenrot los seguía detrás, cubriéndoles las espaldas. Los tres comprobaron los perímetros hasta llegar a la tercera planta.

Informaron a Astred que la zona estaba despejada y él se reunió con ellos para buscar un ordenador conectado al edificio. Tras inspeccionar minuciosamente la zona, localizó uno en el tercer piso. Empezó a trabajar para encontrar cualquier información adicional en el sistema. Algunos de los datos habían sido corrompidos.

Zenrot miró a su alrededor mientras Astred trabajaba. Encontró en una pared un mapa que especificaba a qué estaba dedicada cada planta. Zenrot le dijo a Astred que el ordenador central que necesitaba estaba en la planta quince.

Cuando subieron descubrieron que los escritorios, las sillas y los documentos de las oficinas estaban esparcidos por todas partes. Había sangre derramada y cuerpos despedazados; Zenrot y los demás estaban más atentos que nunca. Freddy y Keishla seguían al frente, pero solo encontraron trampas menores que Astred pudo desactivar sin hacer sonar la alarma.

Freddy creía que los soldados fueron descuidados con las trampas y que eso los mató, pero Zenrot no estaba de acuerdo. Eran demasiado básicas para las tropas de Art Gun. Astred concordó con Zenrot y dijo que pensaba que debería haber más cosas escondidas. Después de revisar cada piso, no detectaron nada fuera de lo común. Finalmente, llegaron a la decimoquinta planta y encontraron el ordenador central. Astred empezó a trabajar mientras Zenrot, Keishla y Freddy montaban guardia.

Keishla creía que había algo extraño en el edificio porque la misión transcurría sin problemas.

—¿Soy yo o esta misión ha sido la más fácil?

Zenrot era consciente de lo insólito de la situación; estaban a mitad de camino y no se habían enfrentado a ningún enemigo. Tenía muchas preguntas en la cabeza. «¿Qué demonios había pasado en este lugar?», pensó.

Freddy compartió otra teoría: las tropas anteriores se habían ocupado de la mayoría de los enemigos, dejando un camino abierto. Freddy tenía su guadaña a mano y Keishla sujetaba el mango de su espada mientras una daga flotaba perezosamente en el aire detrás de ella. Zenrot, cada vez más nervioso, apuntaba con su revólver y comprobaba cada perímetro y Astred se tomaba su tiempo para piratear el sistema. Tras casi veinte minutos, por fin anunció que había obtenido lo que necesitaba.

—Tengo la localización del «Proyecto V» y descubrí en qué han estado trabajando. El «Proyecto V» se encuentra en la planta veinte y todas sus armas e investigaciones están en la planta veinticinco —dijo Astred, aliviado.

—¿Ves? Demasiado fácil —dijo Keishla, preocupada.

En cuanto Astred se desconectó de la sala de ordenadores, sonó una alarma que provocó el cierre de la sede.

—¡Aviso! Mutantes detectados, todo el personal siga los procedimientos de emergencia prescritos y despejen los salones. —Una voz se acopló al ruido de las sirenas.

Zenrot y Freddy miraron fijamente a Keishla.

—Fácil, ¿verdad? —dijeron ambos.

—¡Oh, cállate! Ya era hora de que tuviéramos algo de acción —dijo Keishla mientras soltaba el resto de sus dagas de la mochila. Un ejército de drones de guerra con miniguns voló hacia ellos.

Astred recogió rápidamente sus cosas y se reunió con el equipo.

—Estos no son los enemigos comunes con los que hemos luchado antes, estén en guardia. —Sonó agitado mientras se preparaba para la batalla.

Keishla corrió hacia los drones. Las armas de seguridad de las paredes se activaron y apuntaron a todos. Algunas de las torretas se enfocaron en Keishla y empezaron a disparar, pero su velocidad era tal que las balas no podían seguirla. Rompió algunas de las armas de la pared con sus dagas, mientras Zenrot la seguía por detrás disparando a otras con su revólver. Los drones de guerra les bloquearon el paso, habían obstruido el pasillo.

Keishla y Zenrot se apartaron para dejar que Freddy despejara el camino. Lanzó su guadaña flamígera contra los drones y los cortó en pedazos que se quemaron. Zenrot tomó la delantera y todos lo siguieron. Subieron por las escaleras principales, ya que las de emergencia estaban selladas.

Llegaron a la planta dieciséis y corrieron por los pasillos en busca de la siguiente escalera para ir a la planta superior.

—Los mutantes alcanzaron los pisos superiores. Asegure su espacio de trabajo, coopere con las fuerzas de seguridad y utilice los refugios que sean necesarios. —Sonó otra alarma. Puertas que habían permanecido ocultas en las paredes se abrieron y entraron Gólems por un lado y Espartanos por el otro.

Astred le dijo a Zenrot que luchara con él contra los Gólems mientras Keishla y Freddy se ocupaban de los Espartanos. Los Gólems parecían diferentes a los que habían combatido antes. Medían dos metros y medio y eran más pesados de lo normal. El metal del que estaban hechos también parecía más resistente que el anterior. Sentry Run los había guardado para casos de emergencia. Un Gólem estaba a punto de golpear a Zenrot, pero él reaccionó rápidamente y se lanzó con su gran espada para bloquearlo. El golpe lo alcanzó con tanta fuerza que lo envió contra la pared. Otro Gólem se dirigió a aplastarlo. Astred se interpuso en su camino y su mano transformó en pequeñas nanomáquinas. Dio un puñetazo al Gólem, rompiéndole el pecho en varios pedazos. Astred ayudó a Zenrot a levantarse cogiéndolo de la mano, y ambos continuaron luchando.

En el otro extremo de la sala, Keishla y Freddy combatían contra los Espartanos. Eran grandes robots con un escudo de metal en una mano y una lanza en la otra. Keishla corrió a toda velocidad para matarlos con su espada. Los Espartanos se alinearon y utilizaron sus escudos para crear un muro defensivo. Keishla no reaccionó a tiempo e impactó con fuerza contra la pared de acero. Rebotó y rodó por el suelo, pero se recuperó con rapidez. Freddy cargó su guadaña con energía llameante y lanzó la hoja de fuego contra los robots. Logró golpear el muro de defensa, y fundió, gracias al ataque, los escudos de los Espartanos, que luego explotaron. Keishla y Freddy se dieron vuelta para ver cómo estaban Zenrot y Astred, pero descubrieron que ya habían destruido a todos los Gólems.

Despejaron la sala y llegaron a las escaleras que subían al piso diecisiete, el cual estaba repleto de Gólems y Espartanos.

—Todo el mundo atrás. —Zenrot sacó su revólver y cargó su energía al máximo. Podía sentir cómo el cañón se expandía. Disparó una sola ráfaga de energía que se precipitó por el pasillo hacia los robots. Cuando tocó al primero se produjo una enorme explosión que alcanzó a los demás. Incluso las paredes empezaron a derrumbarse.

Zenrot respiró pesadamente, sintiendo la tensión en su cuerpo por haber usado tanta energía de golpe.

—Muy bien, en marcha —les dijo a los demás mientras se dirigía a las escaleras. Keishla se sorprendió de la habilidad de Zenrot. Sabía que tenía habilidades que debía descubrir por sí mismo, pero no esperaba que fueran tan potentes. En cierto modo, su fuerza la hizo sentirse mal consigo misma. Freddy se dio cuenta de su estado de ánimo y empujó ligeramente su brazo con el suyo.

—No te preocupes, no eres diferente a Zenrot. Ambos tienen técnicas increíbles —le dijo Freddy .

—Sí... —susurró ella.

Llegaron a la decimoctava planta. Recorrieron el pasillo y entraron en una espaciosa sala con una pesada bóveda adosada a la derecha de la habitación. Sorprendentemente, no había robots ni ningún otro objeto en la zona. La habitación estaba completamente limpia. Zenrot dejó de caminar, sentía curiosidad por aquella bóveda. Keishla y Freddy pasaron junto a él, dirigiéndose a las escaleras del siguiente piso. Astred se detuvo junto a Zenrot, notando su interés.

—¿Tienes algo en mente? —preguntó Astred.

—Sí... —Zenrot respondió en voz baja antes de volverse hacia los demás—. Esperen —gritó Zenrot para que Keishla y Freddy se detuvieran. Quería ver qué había detrás de la puerta de la cámara acorazada. Zenrot se movió para ver más de cerca. La bóveda tenía forma circular y unos tres metros de altura. Parecía que solo se abría con una combinación de números. Zenrot golpeó la cámara muchas veces intentando abrirla, pero se mantenía intacta. No había dejado ni una sola abolladura en ella.

—Ni te molestes —aconsejó Astred, acercándose a la bóveda y pegándole un par de veces—. Esta cosa está hecha con acero puro y hormigón armado, entre otros elementos. Harán falta explosivos de gran potencia para romperla.

—¿Por qué no romper las paredes que la rodean hasta que podamos llegar al interior? —Freddy sugirió.

—Esta bóveda fue diseñada con acero concreto en las cuatro

paredes del interior. Asumiendo que Sentry Run la hizo capaz de resistir las habilidades mutantes... La única forma de destruirla sería con el poder de una bomba nuclear o dos. Si hacemos eso, destruimos lo que hay dentro también.

—Y por eso vamos a abrir esta cosa —dijo Zenrot, mirando a Astred—. ¿Puedes hackear la combinación de esta bóveda para que entremos?

—Puedo intentarlo, pero puede que tarde algunos minutos.

—Hazlo —ordenó Zenrot. Astred se acercó a la máquina para ingresar la clave, buscó en su mochila y encontró un dispositivo. Conectó un artilugio a la máquina, cuya pantalla mostraba diferentes conjuntos aleatorios de números; Astred probó diferentes combinaciones para abrir la cámara acorazada.

—No sé por qué... pero tengo un mal presentimiento sobre esto —dijo Freddy con ansiedad.

—Lo mismo digo, deberíamos seguir nuestro camino y terminar la misión. ¿Quién sabe qué otras sorpresas nos podemos encontrar?

Zenrot se volvió hacia Keishla y Freddy.

—Ahora mismo debemos defender a Astred mientras trabaja en la bóveda. Pronto veremos qué hay dentro y nos pondremos en camino. Recuerda, Arashi quiere cualquier cosa útil que podamos encontrar…

Keishla corrió furiosa hacia Zenrot y se enfrentó a él.

—¡Que se joda Arashi! ¡Deberíamos preocuparnos por nosotros mismos! Somos los únicos cabrones a los que han enviado a esta misión. ¿Cómo van a saberlo?

Zenrot retrocedió unos pasos para dar espacio a Keishla.

—Puede que no vean lo que hacemos, pero ¿no olvidas por qué estamos aquí? Para ser los...

—Los mejores mutantes para la humanidad. Nosotros somos el ejemplo, bla, bla... sí, entiendo esa mierda —se burló Keishla mientras volvía hacia Freddy—. Solo siento que hay algo que no nos están contando. —Se dio la vuelta—. Como a ti, claro.

—Vale, lo que dices no tiene sentido. —Zenrot sonaba irritado—. ¿Qué demonios estás insinuando?

—La forma en que usas esa arma especial tuya. Acabaste con los robots como si nada en el pasillo. ¿Qué otras habilidades puedes usar que no conozcamos?

—Me di cuenta en el momento. Y aún me siento un poco agotado por haber atacado así. —Se acercó lentamente a Keishla, intentando mantener la calma antes de que se produjera una pelea innecesaria—. Además, podría decir lo mismo de ti. No sabía que sabías usar una espada hasta hoy. Ni una sola vez me hablaste de ello en la base. Sinceramente, aún no sé de lo que soy capaz, así que no empieces ahora con los problemas de confianza.

—No te hagas el listo conmigo, Zenrot.

—Keishla, todos nos hemos hecho más fuertes. —Freddy se unió a la conversación con las manos en alto, como si se estuviera rindiendo—. Todo el mundo aprende siempre cosas nuevas. Así que no exageres.

—¡Mmm! Hablando de confianza... ¿por qué Arashi solo pidió tu presencia en la reunión que tuvieron días atrás?

—No puedo decirlo...

—¿Por qué no?

—Es... complicado.

—Si te preocupa que digamos algo, no te delataremos. —Keishla desvió la mirada hacia Zenrot—. Me aseguraré de ello. —A Zenrot le sorprendió que, después de años trabajando juntos, ella siguiera sin creerle, y se alejó—. Vamos, puedes contárnoslo. —Antes de que Freddy pudiera hablar, la bóveda hizo ruido.

Astred había conseguido abrirla. Keishla creyó que era un error, que había una razón por la que la bóveda era demasiado fuerte para que alguien pudiera forzarla. Siguió insistiendo que debían dejarla en paz. Zenrot le dijo a Keishla que dejara de pensar demasiado, y Freddy se sorprendió de que ambos siguieran discutiendo. «Estos dos son como niños pequeños peleando», pensó.

Mientras tanto, Astred observó cómo se abría lentamente la cámara acorazada. Cuando la cámara estuvo completamente abierta, Astred sacó una linterna y miró dentro. Todos se sorprendieron. No había nada en la cámara.

Se preguntaron por qué se habían molestado en hacer una sólida sala de seguridad si no había nada que asegurar. Astred creía que la gente de Sentry Run se había llevado todos los datos importantes del interior de la cámara. Sin embargo, para Zenrot, eso no tenía sentido. Arashi les había dicho que todos habían muerto dentro del edificio, incluidos los trabajadores. Pasara lo que pasara dentro del cuartel general, quienquiera que hubiera atacado, no había dejado evacuar a nadie. Sacar los elementos personales de la cámara les habría quitado mucho tiempo que no habían tenido. Algo no iba bien.

—No sé ustedes, pero yo estoy de acuerdo con Keishla en una cosa —dijo Zenrot—. Nos falta algo de información aquí. Algo que Arashi puede no haber mencionado en la base. —Parecía confuso.

—Concuerdo —comentó Astred mientras entraba en la cámara acorazada—. Acabemos con esta misión y busquemos información al respecto más tarde. Tengo la sensación de que Arashi está tramando algo más.

Zenrot se preocupó al escuchar aquel comentario.

—¿Qué quieres decir? —preguntó.

Astred se dio la vuelta, mirando a su equipo.

—Según mi hipótesis, podría ser que…

—¡Astred, cuidado! —gritó Keishla. Astred se puso en cuclillas y se dio la vuelta. Su brazo se llenó de nanomáquinas y lanzó un puñetazo. Derribó a un robot enemigo y lo estampó contra la pared. Más robots aparecieron entre las sombras.

—¡Frederick! ¡Ilumina esta habitación! —Astred exclamó.

Freddy lanzó una ráfaga de llamas para ver el interior de la cámara acorazada. Había cambiado, ya no estaba vacía. Espartanos esperaban dentro, junto con un nuevo tipo de robot diseñado con capuchas que parecía un asesino. Tenían una palabra pintada en color blanco: «Nocturno». Eran más pequeños que un Gólem o un Espartano, pero se movían rápido y sigilosamente. Zenrot miró a su alrededor, había más robots de los que podían contar: era una trampa.

Los brazos de los Nocturnos se transformaron en lanzas; todos estaban listos para atacar a Astred. Un Nocturno se adelantó e intentó atravesar su pecho, pero él tomó la lanza y lanzó al robot contra sus aliados. Otro Nocturno intentó, con una cuchilla, golpear a Astred para cortarlo en pedazos. Su cuerpo se transformó en acero y los ataques del Nocturno rebotaron inofensivamente. Astred lo golpeó y lo hizo retroceder hasta que se estrelló contra los otros robots.

Por desgracia, seguían llegando más enemigos. Astred era superado en número.

—¡Aguanta! Estamos en camino! —gritó Zenrot mientras él, Keishla y Freddy corrían hacia Astred. Sin embargo, los Espartanos inundaron el espacio para detenerlos y con sus lanzas apuntaron a Zenrot y a los demás. Zenrot usó su arma para disparar una bala de energía y Freddy levantó la mano para soltar fuego; cada uno golpeó a los Espartanos con todo lo que tenía. Sus escudos aguantaron a pesar del ataque combinado y los robots se acercaron cada vez más, dispuestos a apuñalarlos a los tres.

Por suerte, Astred lanzó, por la espalda, un Nocturno a los Espartanos, y Keishla aprovechó para reducirlos.

—¿Están bien?

—¡Estamos bien gracias a ti! —respondió Zenrot.

—¡Bien, salgamos de aquí mientras todavía…! ¡Agh!

—¡Astred! —Zenrot y Keishla gritaron.

Astred miró su abdomen. Una lanza había logrado clavársele por la espalda, a pesar del acero de su piel. El Nocturno la retiró y Astred cayó de rodillas. Mientras miraba la lanza del Nocturno, una extraña sustancia viscosa, de color plateado, salió del arma. Fuera lo que fuera, parecía que era el líquido que había sorteado el acero de Astred.

—Los Nocturnos... —Astred dijo débilmente— Sentry Run les proveyó armas y materiales para usar específicamente contra nuestras debilidades... —Un Nocturno saltó y se lanzó, lanza en ristre, para apuñalar a Astred desde arriba. Él se apartó y agarró la lanza con una mano, aplastando al robot mientras le quitaba el arma del cuerpo. La lanzó contra otros Nocturnos, atravesó a cinco de ellos y la lanza salió disparada hacia la pared del otro extremo de la sala. La mano de Astred ardía. La extraña sustancia viscosa había goteado de la lanza antes de que la lanzara, cubriéndole la mano y derritiéndole la piel metálica.

—¡Zenrot, Keishla, Frederick! —Astred gritó mientras seguían luchando contra más Espartanos—. ¡Los Nocturnos tienen un arma no identificada que puede quemar profundamente hasta el hormigón más resistente! ¡Usen ataques a distancia si deben…! ¡Agh!

—¡Astred! —Zenrot gritó su nombre con fuerza. Otro Nocturno le clavó una cuchilla por la espalda. Su acero desapareció lentamente; la mayor parte de su cuerpo había vuelto a la normalidad. Zenrot corrió a ayudar a Astred, pero fue derribado por el escudo de un Espartano. Desenfundó, apuntó al Nocturno que atacaba a Astred y le disparó en la cabeza, destruyendo el robot por completo. Rodó por el suelo, esquivó la lanza del Espartano y le dio una oportunidad a Frederick para cortarle la cabeza con su guadaña.

Zenrot se volvió para mirar a Astred. Estaba huyendo de los Nocturnos. Agarró el cuerpo de un Espartano con ambas manos y lo lanzó contra los Nocturnos, derribando a varios al mismo tiempo. Sin embargo, en lugar de dirigirse hacia el resto del equipo, Astred cayó al suelo, completamente inmóvil y con la espada en la espalda.

—¡Vamos! —Freddy gritó—. ¡Ayuda a Astred! ¡Keishla y yo nos encargaremos de esta chatarra!

Zenrot asintió y corrió al lado de Astred, a quien levantó con ambas manos.

—¡Astred! —Zenrot sonaba agitado—. ¡Vamos, tenemos que salir de aquí! —Zenrot puso el brazo de Astred sobre su hombro y lo arrastró para salir de la bóveda—. ¡Vamos! Tenemos que...

—¡Dark Boy, cuidado! —le advirtió Keishla. Todos los Nocturnos se dirigían hacia Zenrot y Astred. Seis de ellos se acercaban aprovechando que estaba desprevenido. Zenrot no podía soltar a Astred, así que su instinto fue sacar el arma y dispararles, pero, antes de que siquiera pudiera actuar, Astred lo abrazó, cubriéndolo del ataque. Su espalda quedó expuesta a los Nocturnos y su piel se volvió plateada.

—¡Ahh!

—¡Astred! —Zenrot gritó con dolor mientras miraba la cara de su líder, el cual apretaba los dientes. Astred se dio la vuelta y extrajo parte de la hoja que le quedaba en la espalda; la lanzó con fuerza contra el primer Nocturno que vio delante. Le dio en el pecho y con un golpe de su puño de acero lo hizo volar por los aires.

Astred volvió a caer, pero Zenrot lo agarró a tiempo antes de que se desplomara en el suelo.

—¡Astred! —exclamó Keishla, furiosa. Con el corazón roto, se lanzó desesperada a luchar contra todos los Nocturnos. Utilizó su espada para cortarlos en pedazos. Los Nocturnos eran fáciles de romper, pero también eran tan rápidos como Keishla. Eran demasiados para ella sola. Un Nocturno estaba a punto de apuñalarla por la espalda mientras luchaba. Ella oyó el ruido de una cuchilla y rápidamente miró hacia atrás; Freddy la había salvado al rodear a los robots con fuego. Keishla y Freddy lucharon contra los Nocturnos, pero los Espartanos se sumaron reforzando el ejército.

Zenrot aprovechó la oportunidad para sacar a Astred de la cámara acorazada. Lo tumbó en el suelo, buscó cualquier solución para curarlo, pero tenía muchas heridas en el cuerpo. Sangraba enormemente debido a todas las puñaladas y quemaduras que le había dejado la extraña sustancia viscosa.

—¡Por favor, aguanta, Astred! —suplicó Zenrot, respirando entrecortada y agitadamente a medida que aumentaban sus latidos. Buscaba algo, lo que fuera, para salvar la vida de Astred.

Astred tosió, intentando hablar.

—Escuchen... deben continuar la misión... sálvense mientras puedan…

—¡No! ¡No te dejaré morir! Todo es culpa mía. Deberíamos habernos ido cuando tuvimos la oportunidad... —Zenrot habló con culpa.

Astred agarró su camisa débilmente.

—Está bien, no es culpa tuya. —Acercó un poco más a Zenrot, intentando hablar lo más bajo que pudo—. Escucha con atención, Zenrot. —Levantó la otra mano, presionando algo en la palma de su amigo—. Esto es un dispositivo electrónico que debes introducir en los ordenadores de la planta veinticinco, debes conseguir la información y eliminar el «Proyecto V» ... —Tosió con más fuerza a medida que aumentaba su dolor.

Zenrot se ahogaba en lágrimas al ver cómo Astred se esforzaba por hablar.

—Ten cuidado con Arashi... Está pasando algo extraño. —Astred miró directamente a los ojos de Zenrot. Milagrosamente, tenía una sonrisa en la cara—. Pase lo que pase, quédate con Keishla... los dos comparten el mismo dolor y coraje, por favor, cuídense el uno al otro. Zenrot... mi compañero... —Su agarre falló, la mano que lo sostenía cayó al suelo y Zenrot no pudo encontrarle el pulso.

Astred se había ido.

Tras sus últimas palabras, Zenrot se secó las lágrimas con el brazo e intentó recomponerse. Se reunió con Keishla y Freddy para pelear.

—¿Dónde está Astred? —preguntó Keishla, blandiendo su espada en un amplio arco a través de un Espartano al cual cortó por la mitad—. ¡Zenrot! ¿Dónde está Astred?

—¡Se ha ido! —gritó Zenrot, bloqueando un ataque de Nocturno con su espada. Zenrot apartó al robot y lo hizo estallar con un disparo de energía—. ¡Debemos continuar nuestra misión!

—¡No abandonaremos a Astred! —Keishla esquivó el ataque de otro Espartano y le atravesó la cabeza con una daga que luego flotó obedientemente hacia ella—. Todavía podemos ayudar...

—¡Se ha ido! —chilló Zenrot y disparó contra un Espartano tras otro—. ¡No hay vuelta atrás!

—¡Esto es culpa tuya! Deberíamos haber seguido con el plan original.

—¿Podemos concentrarnos, por favor? —Freddy gritó más

fuerte para que se enfocaran en luchar. Hizo girar su guadaña, cortando a los Nocturnos que tenía cerca. Cuando tuvo la oportunidad de hablar, se dio la vuelta y espetó—: ¡Zenrot! ¿Cuáles son tus órdenes?

—¡Matar a todos estos bastardos! —Zenrot se precipitó hacia delante, acuchillando a un Espartano con su espada mientras disparaba su revólver a otros robots para que se sobrecargaran y explotaran.

—¡La mejor idea que has tenido hasta ahora! —Keishla lo siguió. Corrió tan rápido como pudo, liberando energía en su espada y cortando rápidamente todos los puntos débiles visibles de los Espartanos y los Nocturnos. Cualquier lugar en el que el grueso metal no cubriera sus cuerpos recibía un golpe de su hoja. Todos luchaban al mismo tiempo, pero el enjambre de Espartanos y Nocturnos no tenía fin. Zenrot enfundó su arma, sostuvo la empuñadura de su espada con ambas manos y, con todas sus fuerzas, rebanó a los Espartanos uno a uno. Cuando se dio la vuelta, un Nocturno estaba en el aire a punto de darle una patada en la cara. El golpe lo derribó y rodó por el suelo.

—¡Zenrot! —gritó Freddy. Apartó a un Espartano que chocaba su lanza contra el arma de Freddy y él, al darse cuenta de que el Nocturno estaba a punto de apuñalar a Zenrot con una extraña daga, cargó rápidamente la hoja de su guadaña. Lanzó una llamarada que hizo derretir al Nocturno.

Freddy se dio la vuelta para seguir luchando y un Espartano estaba frente a él. Lo golpeó con una carga de escudo, justo en el pecho. Freddy voló cerca de Zenrot, quien lo agarró en el aire. Cayeron juntos al suelo mientras el Espartano se acercaba e intentaba apuñalarlos con la lanza. Zenrot sacó su pistola de la funda y cargó energía suficiente para disparar. Un rayo de energía atravesó el pecho del Espartano que cayó estrepitosamente al suelo.

Keishla observó que más Espartanos se acercaban a ellos. Avanzó con sus dagas flotando en el aire y las lanzó a los cuellos de varios Espartanos, justo donde había un punto débil en sus armaduras metálicas. Mientras corría, la persiguieron Nocturnos que igualaban su velocidad. Uno la atacó con un puñal. Keishla atrajo sus dagas con telequinesis y le cortó el brazo, para luego deslizarse por el suelo. Mientras los Nocturnos la seguían, ella les cortó las piernas con un movimiento de su espada.

Al ponerse de pie, otro Nocturno se le acercó. Saltó para patear a Keishla. El Nocturno estaba por golpearla, ella levantó el brazo para protegerse y, en un mal movimiento, el Nocturno aprovechó para golpear su brazo lo bastante fuerte como para empujarla hacia atrás. Keishla gritó de dolor, aunque no le impidió contraatacar. Todas sus dagas apuntaron al Nocturno y salieron disparadas hacia delante. Algunas rebotaron debido a la armadura metálica, pero otras lograron penetrar en el robot. El Nocturno estaba aturdido. Keishla estiró el brazo derecho y lo sacudió rápidamente para intentar mitigar el dolor. Agarró su espada y acuchilló al robot desde diferentes ángulos hasta que finalmente se hizo pedazos. Keishla corrió directamente hacia Zenrot y Freddy y se agachó para tomar aire junto a ellos. Un enemigo intentó tenderle una emboscada, pero Zenrot saltó por encima de Keishla, pateó al Nocturno lejos y luego le disparó en el aire.

—¡Te tengo! —Zenrot gritó, agitado—. ¡Levántate! Aún no hemos terminado.

—¡Siguen viniendo! —gritó Keishla, poniéndose en pie para luchar de nuevo.

Los refuerzos seguían llegando y estaba claro que eran demasiados como para manejarlos. A Freddy se le ocurrió una idea para despejar el campo de batalla.

—¡Chicos, tengo un plan! Pero costará mucha de mi energía. ¡Ambos necesitan ponerse a cubierto!

—¡Al infierno con eso! No te dejaremos con esos tecnobots —dijo Keishla con furia, dejando claro que de ninguna manera se arriesgaría a perder a otro miembro del equipo.

—¡No tenemos muchas opciones ahora mismo! ¡Si seguimos así, todos vamos a morir aquí! ¡Yo estaré bien! Solo cúbreme la espalda si algo sale mal... ¡ahora vete!

Zenrot captó el mensaje, asintió y gritó a Keishla que se pusiera a cubierto lejos de la cámara acorazada. Cuando salieron del radio estimado de peligro, Freddy empezó a cargar una inmensa cantidad de energía en su mano. Estaba acumulando una gigantesca ráfaga de fuego para acabar con todos los presentes en el campo de batalla. Los robots corrían hacia Freddy para detener su ataque.

—¡Ojalá se pudran todos en el infierno! —gritó. Los robots estaban a punto de golpearlo a, pero él liberó la energía, haciendo estallar la habitación y lo que había en su interior. El fuego se extendió por todos los rincones, convirtiendo a los robots en cenizas. El edificio tembló. Zenrot y Keishla sintieron el aumento de la temperatura, pero estaban lejos y a salvo de la explosión.

El calor se mitigó, así que Zenrot se dirigió lentamente a ver el interior de la cámara acorazada. La habitación había ardido por completo y el fuego se desvaneció. Freddy los había destruido todos. Se giró lentamente y se dio cuenta de que Zenrot lo observaba.

—Je... te dije que tenía un plan... —Freddy cerró los ojos y cayó al suelo. Zenrot lo agarró antes de que tocara el suelo y puso dos dedos en el cuello de Freddy para comprobar si tenía pulso. Aún respiraba, lo cual fue un alivio. Zenrot levantó suavemente a Freddy y lo llevó a cuestas fuera de la cámara acorazada.

Al salir, encontró a Keishla llorando junto al cuerpo de Astred y lamentando su muerte. No podía creer que Astred se hubiera ido de verdad. Y lo que era aún más inquietante, era la primera vez que Zenrot veía a Keishla tan sensible. ¿Quién podía culparla? Como había dicho antes, Astred era como un padre para ella.

—Keishla —dijo Zenrot con suavidad—, sé que es duro, pero debemos seguir adelante. Cuanto antes terminemos, más rápido podremos salir de aquí. Te necesito fuerte. Por favor... —Keishla trató de mantener la compostura. Se limpió las lágrimas y se movió para ayudar a Zenrot y a Freddy. Los cubrió mientras se dirigían pausadamente a la siguiente planta. Keishla exigió que pidieran la extracción de Freddy y que Art Gun enviara refuerzos. Se negaba a perder a otro miembro del FEM. En la siguiente planta, Keishla exploró cuidadosamente el pasillo y no encontró enemigos. Sugirió acostar a Freddy y llamar a Art Gun. Zenrot, despacio, lo soltó y buscó su comunicador en el bolsillo. Se lo puso en la oreja e intentó hacer contacto.

—Zenrot a Arashi, ¿me reciben? Cambio.

—Aquí Arashi, ¿cuál es tu situación?

—No es buena, requerimos una extracción para Frederick Crossvelt. Necesita atención médica lo antes posible. También solicitamos apoyo contra los robots enemigos en este edificio. ¡Este lugar es demasiado peligroso para que lo manejemos solos!

—¿Han completado la misión?

—¡No, señor! Es por eso que necesitamos socorro inmediato.

—Me temo que debo denegar su petición. La misión debe completarse. No podemos arriesgar más tropas.

—¡Señor! ¡Astred ha sido neutralizado! ¡Freddy está inconsciente! Keishla y yo apenas podemos valernos por nosotros mismos en estas condiciones. ¡Necesitamos ayuda!

—Lo siento, Zenrot, pero mis órdenes son claras: completar la misión cueste lo que cueste. Enviaré a alguien para la extracción cuando esté terminada. Ahora mismo tu equipo está por su cuenta... Fuera. —Tras su discusión, Arashi colgó. Zenrot no podía creer que les hubiera rechazado la petición. Estaban cerca de llegar a su destino, pero tan lejos de alcanzar sus objetivos. Freddy apenas estaba en condiciones de mantenerse en pie. Keishla parecía que aún podía luchar, pero la cuestión era por cuánto tiempo. Estaba exhausta.

Sin embargo, Zenrot se negaba a rendirse tan fácilmente y sabía que Keishla pensaba lo mismo. Se preguntó si eso era lo que Astred quería decir cuando hablaba de permanecer juntos; sabía que eran demasiado testarudos para renunciar. Tal vez sabía que Arashi los rechazaría. Si eso era cierto, surgían otras preguntas. Arashi había trabajado duro para construir el equipo y había invertido muchos recursos en su éxito. ¿Por qué desperdiciarlo? Demasiadas teorías competían por la atención de Zenrot.

Keishla se dio cuenta de que él estaba ido por la expresión de su cara y de que era obvio que las noticias no eran buenas.

—¿Qué pasa? —preguntó.

Zenrot negó con la cabeza.

—Me temo que... estamos solos.

—¿Qué demonios quieres decir?

—Que debemos completar nuestra tarea nosotros mismos. De una forma u otra.

CAPÍTULO SEIS

—¡Malditos cabrones! —gritó Keishla furiosa cuando llegaron a la planta diecinueve. Keishla llevaba a Freddy mientras Zenrot montaba guardia en caso de que hubiera una emboscada—. ¡Cuando volvamos a Art Gun te prometo que agarraré a Arashi por la perilla y usaré su cabeza como tiro de práctica!

—Guarda esa rabia para los enemigos —sugirió Zenrot y avanzó sigilosamente con la mano en la empuñadura de su espada—. Tenemos que terminar la misión si queremos salir de aquí.

—Aun así... no puedo creer que nos abandonen.

—Buscaremos respuestas —dijo Zenrot mientras barría el siguiente pasillo con su revólver y, con la otra mano, agarraba la empuñadura de la espada—. Cuanto más pienso en ello, más recuerdo lo que Astred estaba a punto de decir antes de que... —Zenrot hizo una pausa y no terminó la frase. Esperaba no haber intensificado el dolor de Keishla—. Creo que sabía algo. Solo espero que averigüemos qué.

Zenrot miró a lo lejos y escudriñó la habitación contigua. Pinchos eléctricos se extendían en su interior. Se adelantó para asegurar la zona, pero cuando entró, solo vio robots rotos en el suelo.

—Está despejado —informó a Keishla. Ella entró en la habitación con Freddy en la espalda.

Keishla lo puso con delicadeza en el suelo y lo sentó contra la pared. Echó un buen vistazo a la habitación. Había muchos Gólems y Espartanos destruidos. El lugar era un desastre. Una cosa era segura: no los habían eliminado ni Zenrot ni Keishla. Alguien más lo había hecho. Observaron cinco grandes máquinas. Cada una tenía la forma de una cápsula con un cristal en la parte delantera. Zenrot y Keishla se acercaron para examinarlas. Las tres primeras estaban intactas, llenas de agua y de otra sustancia, algo desconocido que parecía viscoso o semisólido. La cuarta cápsula tenía los cristales rotos, y la quinta estaba abierta a la sala. Debajo de cada cápsula había un letrero. En la que estaba abierta rezaba: «Proyecto V». También había una descripción bajo el nombre: «Un experimento que copia las habilidades de los oponentes y duplica cualquier tipo de energía». Estaban cerca de su objetivo.

Zenrot y Keishla continuaron explorando la habitación. Encontraron los restos de soldados de Art Gun. Los cadáveres estaban amontonados unos encima de otros. Keishla tenía ganas de vomitar por el horrible olor. Algunos cuerpos parecían llevar allí mucho tiempo. Zenrot echó un vistazo más de cerca para identificar los cuerpos. Vio a miembros del equipo de rango amarillo, primero Bravo, luego Charlie y finalmente Delta.

—No puede ser... —dijo mientras miraba sus uniformes. Le sorprendió ver caras conocidas, solo que ahora le resultaban menos familiares, todos tenían esa extraña sustancia viscosa plateada bajo la piel y partes de la carne masticadas o reventadas—. Este era el equipo de Brandolf. —Zenrot no podía ver el cuerpo de Brandolf, pero estaba seguro de que él no estaba vivo. Estaban desaparecidos hacía años. Keishla notó la sustancia en los cuerpos, era el mismo material que estaba dentro de las máquinas cápsula.

—Este «Proyecto V» —dijo Keishla, asustada—, ¿qué tipo de arma es exactamente?

—Honestamente... no lo sé.

Ambos tenían muchas preguntas sobre la amenaza que suponía el «Proyecto V». Por la forma en que Arashi lo había descrito, el arma podía ser manejada por cualquiera. A juzgar por las cápsulas gigantes, parecía que se manejaba sola; alguien había sido creado en su interior.

Keishla regresó a la primera cápsula, cogió una daga de su mochila y apuñaló el cristal que se hizo añicos. El agua de su interior se desbordó y desplazó la extraña sustancia hacia el suelo. Al darse cuenta de que se movía, Keishla elevó una daga y la apuñaló. Hizo un ruido similar a un grito. Keishla se aseguró de que lo que fuera no terminara de desarrollarse.

Su mirada se dirigió a Zenrot.

—No podemos dejar que ninguna de estas cosas sea vista por Art Gun. —Keishla se dirigió a la segunda cápsula e hizo lo mismo que con la primera—. Después de tu conversación con Arashi, es seguro que no podemos confiarles esta información.

Son elementos que tienen conexión con el «Proyecto V». No podemos dejar que esto caiga en las manos equivocadas.

A Zenrot le preocupaba que ella quisiera destruirlo todo, pues consideraba que se trataba de información valiosa. Pero también reconoció que Keishla tenía razón; Arashi había rechazado la extracción y se había negado a enviar refuerzos. Era difícil confiar en su intuición.

Tras la decisión que tomó en la cámara acorazada, su confianza había resquebrajado. No quería volver a cometer un error como aquel. Zenrot asintió, aceptando las condiciones de Keishla, y fue a destruir la tercera cápsula. Sacó su pistola y disparó también a las placas de información, asegurándose de que no quedara ninguna prueba.

Un gruñido interrumpió los pensamientos de Zenrot. Ambos mutantes entraron momentáneamente en pánico. El sonido parecía proceder de la vigésima planta. Zenrot ordenó inmediatamente a Keishla que cogiera a Freddy y se quedara atrás. Se dirigieron con cautela a las escaleras principales y subieron al siguiente piso.

Cuando Zenrot y Keishla llegaron a la planta veinte, todo estaba oscuro. Había más cadáveres en el suelo; algunos con el uniforme de Art Gun y otros con el de Sentry Run. Zenrot advirtió a Keishla que mantuviera las distancias y se adelantó. La sala estaba muy silenciosa. Solo podía oír sus pasos mientras caminaban hacia el interior. Las escaleras principales terminaban en aquella planta y el ascensor para subir estaba bloqueado. Desde el otro lado de la sala se veía una luz intermitente: un cartel que indicaba las escaleras de la planta veintiuno.

—Iré a comprobar si está despejado —dijo Zenrot en voz baja, avanzando despacio para no perder todo de vista. Se movía en la posición que había adoptado durante la mayor parte de la misión: con el revólver en una mano y sujetando el mango de la espada con la otra.

—¿Estás loco? No sabes a lo que nos enfrentamos.

—Tenemos que seguir adelante, de lo contrario estaremos atrapados aquí. No tenemos muchas opciones. —Zenrot se detuvo y buscó algo en sus bolsillos. Sacó el dispositivo que Astred le dio. Zenrot se giró para mostrárselo a Keishla—. Si no lo consigo, quiero que cojas esto y lo instales en su ordenador principal y descargues toda la información que puedas. —Zenrot lo guardó en el bolsillo de Keishla, ya que estaba sosteniendo a Freddy—. Una vez que lo hagas, pide una extracción desde lo alto de este edificio y llévate a Freddy contigo. —Zenrot se giró y siguió adelante.

—No te vas a quedar aquí, ¿me oyes? Terminaremos esto juntos.

Zenrot negó con la cabeza.

—Es culpa mía que estemos en esta situación. Voy a arreglarlo. —Se sentía avergonzado porque creía que la muerte de Astred era su culpa.

—¿Suicidándote? —dijo Keishla enfadada—. ¡No seas estúpido! Si alguien te va a matar seré yo dándote una paliza. Nos vamos todos de aquí y punto. —Zenrot la calló. Oyó que algo se acercaba caminando con pesadez. Cada paso sonaba como un motor, cada vez más ruidoso y fuerte. Keishla vio aparecer algo extraño detrás de Zenrot.

—¡Detrás de ti! —le gritó Keishla con pánico. Zenrot se dio vuelta y sacó la espada. La advertencia había sido suficiente para que se pudiera mover; la espada estaba en el lugar adecuado para bloquear el ataque sorpresa. Zenrot se apartó y el extraño enemigo se lanzó al ataque. Zenrot se mantuvo firme y reaccionó con rapidez, le dio una patada directa en la cara que lo obligó a alejarse. El agresor aterrizó en el suelo, pero volvió a levantarse como si nada. Zenrot echó un vistazo más de cerca. El atacante era alguien con forma humanoide, pero con un cuerpo totalmente blanco y plateado. No tenía rostro, solo tenía un símbolo que brillaba en rojo con la forma de una «V» donde debería haber estado la cara.

—Creo que hemos encontrado a nuestro objetivo —dijo Zenrot, jadeando. Las afiladas cuchillas del «Proyecto V» se ablandaron y se convirtieron en manos normales—. Parece que es un cambia formas. —«V» se quedó quieto un momento, como si mirara fijamente a Zenrot a pesar de no tener rostro. Un punto rojo proyectado desde el símbolo lo escaneó de arriba abajo. El «Proyecto V» gruñó y transformó su mano en el revólver de Zenrot, luego empezó a cargar rápidamente una enorme bala de energía. Zenrot se apartó de un salto y un tremendo disparo de energía pasó de largo, golpeó una pared y la hizo añicos. Cuando Zenrot la miró, la ráfaga de energía había atravesado todo lo que había en el camino. Podía ver claramente el exterior del edificio.

—Zenrot, ¡cuidado! —lo previno Keishla. Zenrot miró hacia el frente. El «Proyecto V» estaba cerca suyo y la mano tenía la forma de una espada. Atacó, pero Zenrot esquivó moviendo el cuerpo hacia atrás. La espada pasó por delante del pecho de

Zenrot, quien intentó contraatacar y tomó la espada con ambas manos para blandirla rápidamente en todas las direcciones.

«Proyecto V» esquivó cada ataque y dobló su cuerpo para alejarse de la espada. Entonces, aprovechó y atacó con su mano espada a Zenrot. Ambas hojas chocaron. Zenrot se concentró en la habilidad de combate del «Proyecto V»; era el mismo modo de lucha con espada que Ryan le había enseñado. Había copiado todas sus técnicas. «Proyecto V» cargó desde arriba con su arma, pero Zenrot bloqueó el ataque con la suya. «Proyecto V» destacaba tanto en velocidad como en fuerza.

Keishla se dio cuenta de que Zenrot tenía dificultades y miró a su alrededor para encontrar un lugar seguro para Freddy y poder unirse a la lucha. Al mirar la sala en la que se encontraban, comprendió por qué les había tendido una emboscada allí: era prácticamente una arena gigante y no había ningún lugar seguro donde esconderse.

Zenrot apartó al «Proyecto V» y creó una abertura. Sacó su revólver con una mano, apuntó al pecho de «Proyecto V» y lo hizo volar por los aires. El experimento impactó contra otra pared.

Zenrot desvió la mirada y se dio cuenta de la intención de Keishla.

—¡Ni te molestes! —gritó Zenrot—. ¡Coge el dispositivo que te di y dirígete al ordenador central de Sentry Run! Yo me encargo de este. —El cuerpo del «Proyecto V» había salpicado el suelo con la misma sustancia de antes, la cual se movía despacio hacia sus rostros y recomponía completamente su cuerpo.

—¿Estás loco? —Keishla gritó—. ¡De ninguna manera te

dejaré con ese baboso! —Se acercó a la pared más cercana para recostar a Freddy contra ella. El «Proyecto V» casi terminaba de regenerarse, pero Zenrot disparó otra vez y estalló al «Proyecto V» en pedazos. Esta vez, la sustancia viscosa se movió más rápido—. ¡A la mierda! Te voy ayudar...

—¡Para! —gritó Zenrot sin dudarlo. La miró con ojos desorbitados—. Si ayudas, el «Proyecto V» se adaptará a tus habilidades y las copiará también. Si eso ocurre, ¡será imposible matar a esa cosa! Ve por la información y termina esta misión, ya te alcanzaré.

—¡Al carajo! ¡No te vas a quedar solo con este baboso gigante!

—¡Te di una orden! ¡Lárgate de aquí y llévate a Freddy contigo! ¡Yo lo detendré! —Zenrot gritó enfadado para que Keishla captara el mensaje. Se sentía culpable por gritarle de esa manera, pero era la única forma en que ella escucharía. Keishla no estaba de acuerdo con el plan de Zenrot, pero Freddy seguía inconsciente. Estaría expuesto si Keishla decidía luchar.

Siguiendo las órdenes de Zenrot, Keishla levantó a Freddy y se dirigió a las escaleras de emergencia. El «Proyecto V» terminó de recuperarse por completo y vio a Keishla huyendo. Esprintó para atacar, pero Zenrot se interpuso y le asestó un golpe con la espada, cortándole el brazo derecho. Cuando el brazo llegó al suelo, se convirtió en una mancha de plata líquida que se adhirió a su pierna y subió hacia el abdomen. Desde allí, avanzó hasta el hombro y formó de nuevo su brazo. Zenrot estaba asombrado y asustado ante un oponente tan formidable. Miró hacia atrás para constatar que Keishla había pasado al siguiente piso.

En las escaleras de emergencia, Keishla se detuvo y se dio la vuelta para mirar directamente a Zenrot.

—Será mejor que vuelvas en una pieza, ¿me oyes? No me hagas arrastrar tu lamentable culo más tarde. —Keishla se marchó finalmente a la siguiente planta. Zenrot se quedó solo con el «Proyecto V». Con la espada en la mano, se acercó a su oponente.

El «Proyecto V» permanecía inmóvil, contorsionando su cuerpo de la forma más compleja posible para evitar ser golpeado. Escaneó a Zenrot, analizando una vez más sus habilidades. Utilizó exactamente los mismos movimientos que él y convirtió sus manos en afiladas cuchillas. El «Proyecto V» se enzarzó, blandiendo sus cuchillas tan rápido que cortó uno de los lados del brazo de Zenrot y luego la parte superior de su pecho, así como su pierna derecha. El cuerpo de Zenrot estaba cubierto de heridas abiertas en casi todas las partes del cuerpo. Frustrado, utilizó su revólver y disparó pequeñas balas mientras retrocedía para alejarse del «Proyecto V». Al no recibir ningún ataque inmediato del enemigo, Zenrot se arrodilló para descansar y recuperar un poco de energía.

Miró con recelo al «Proyecto V» y consideró teorías sobre lo que podría haber ocurrido en el edificio. «Los soldados no llegaron a salir porque esa cosa se liberó y mató a todos los que estaban en el edificio. Sin embargo, los robots siguen vagando por ahí, atacando a los intrusos. Lo que significa que está diseñado para matar seres vivos reales: mutantes o humanos», pensó. El «Proyecto V» saltó muy alto e intentó caer sobre Zenrot con una hoja afilada en la mano. Quiso apuñalarlo, pero

Zenrot rodó y esquivó el ataque. «No sólo eso... copia cualquiera de mis ataques y fabrica armas con su propio cuerpo», caviló.

El «Proyecto V» convirtió su espada en líquido y se despegó del suelo. El líquido volvió a convertirse en un brazo. «Sin embargo, su energía está mezclada con muchas cosas que pueden tener que ver con los mutantes que Sentry Run tomó como rehenes para crearlo. Debo destruirlo antes de que se haga más fuerte e intente algo nuevo, ¡de lo contrario estoy acabado!», deliberó Zenrot. Se levantó con energía oscura brotando de sus manos y fluyendo sobre su espada. Apuntó con su arma al «Proyecto V» y le disparó una ráfaga de energía. El «Proyecto V» la eludió, pero Zenrot lo había previsto y se acercó lo bastante rápido como para alcanzarlo antes de que dejara de esquivar.

Con la espada empuñada con una sola mano, Zenrot comenzó a atacar desde diferentes ángulos, cortando a la criatura blanca y plateada en pedazos que cayeron, sin ceremonias, al suelo. Zenrot se alejó de un salto del «Proyecto V».

—¿Le he dado? —se preguntó, sorprendido. Sin embargo, su incipiente optimismo se desvaneció cuando oyó un gruñido. Las partes del «Proyecto V» se recomponían automáticamente. Volvió a ensamblarse al y Zenrot no pudo sentirse más frustrado. No importaba qué ataque utilizara, el «Proyecto V» seguía regenerándose. Su cuerpo no evidenciaba ni un solo rasguño. El «Proyecto V» escaneó rápidamente a Zenrot, liberó una bola de energía y se la lanzó. Zenrot saltó hacia atrás y se alejó, sin embargo, cuando la esfera tocó el suelo se produjo una explosión que hizo temblar el cuarto.

Zenrot se sorprendió de lo rápido que el «Proyecto V» se

había adaptado tanto a sus habilidades como a su energía. «V» esprintó a máxima velocidad hacia Zenrot y empezó a atacar con las manos transformadas en espadas. La lucha era cada vez más ardua y sabía que tenía que encontrar una forma de derribar al «Proyecto V» para que no pudiera levantarse.

«Bueno, esto va a ser difícil», Zenrot pensó.

CAPÍTULO
SIETE

Keishla cargó con Freddy hasta el piso veinticinco. El camino se hizo largo mientras subía las escaleras con todo ese peso. Por suerte, no había enemigos cerca.

—Maldita sea, Freddy, espero que despiertes pronto. —Buscó el objetivo a su alrededor y vio algo delante de ellos. Cosas se arrastraban, dejando rastros de viscosidad plateada mientras se movían. Parecían humanos diminutos inacabados, solo formados desde la cabeza hasta la cintura y eran casi del mismo material que el «Proyecto V». Keishla dio un paso atrás para alejarse del enemigo, pero pisó accidentalmente un trozo de cristal roto. Todas las criaturas miraron hacia el lugar de donde procedía el ruido y se percataron de la presencia de Keishla. No tenían expresión facial ni símbolo alguno. Comenzaron a arrastrarse con las manos y se movían en manada. El enjambre se dirigía a atacar a Keishla.

—¡Ew! ¿Cómo demonios se supone que debo llamarlos? ¿Proyecto Trepadores? —Keishla miró a su alrededor buscando un lugar donde esconder a Freddy para poder defenderse, pero no había ninguno. Afortunadamente, Freddy comenzó a despertarse, sin embargo, seguía agotado por haber usado casi toda su energía. No podría ayudar a Keishla en el campo de batalla.

—Ponme... en el suelo... Vamos —dijo Freddy en voz baja y con los dientes apretados. Keishla lo puso suavemente contra la pared. Al oír que los Trepadores se acercaban, Keishla liberó todas sus dagas de la mochila. Empezó a acuchillarlos uno a uno y luego corrió directamente hacia ellos, atacándolos con su espada. Concentró energía en la hoja para que impacte mejor y los cortó en pedazos. Una sustancia viscosa y plateada se esparció por todas partes. Después de acabar con todos ellos, Keishla caminó de regreso hacia Freddy, pero entonces oyó algo inquietante.

Miró por encima del hombro y vio que los Trepadores volvían lentamente a su forma original. Keishla intentó eliminarlos una vez más y algunos se convirtieron en líquido. Pensó que había encontrado la forma de matarlos, pero se dio cuenta de que derretían el suelo y luego volvían a su forma original.

—¡Oh, vamos! ¿Cómo mato a estas cosas?

—No lo haces... —Keishla jadeó, girándose para echar un vistazo rápido a Freddy. Por fin estaba despierto.

—Parece que estás mejorando. —Se agachó para estar más cerca de él—. ¿Puedes luchar? —preguntó.

Freddy seguía sentado en el suelo con la espalda apoyada contra la pared. Lentamente levantó la mano. Intentó soltar fuego, pero sólo invocó chispas.

—No puedo —dijo en voz baja—. Todavía me siento agotado. Necesito unos minutos para recuperarme.

—Dios, eres un cobarde. —Keishla miró hacia atrás de nuevo, devolviendo todas sus dagas a la mochila—. ¿Puedes caminar?

—Sí.

—Bien. Busca un lugar donde esconderte. Haré que estos tipos me sigan y los perderé de camino a la planta veinticinco. Luego encontraré el ordenador principal y descargaré toda la información de mierda que pueda conseguir. Me pondré en contacto contigo cuando esté hecho. —Keishla se levantó y corrió lo más rápido que pudo para atravesar a los Trepadores. Acuchilló a varios mientras huía.

—¡Eh, Trepadores! ¡Atrápenme si pueden! —No estaba segura de que pudieran entenderla, pero se burló de ellos mientras huía. Se dirigió a las escaleras de emergencia. Los Trepadores se arrastraban demasiado rápido. Por suerte, al subir, se chocaron entre sí, ya que eran muchos. Utilizó su energía para moverse a máxima velocidad hasta que, finalmente, llegó a la planta veinticinco. Al final de la sala había un portón gigante con las puertas cerradas y Keishla vio un botón. Esprintó rápidamente para pulsarlo.

—Accediendo al laboratorio principal. Por favor, esperen —emitió un intercomunicador. Las puertas se abrieron lentamente. Mientras esperaba para entrar, Keishla oyó llegar a los Trepadores. Se giró, liberó sus dagas telequinéticas y las envió a atacar. Los cortó pedazo a pedazo, impidiendo que se acercaran y la puerta finalmente se abrió tras ella.

Keishla entró rápidamente en la habitación y vio un botón con la etiqueta «Cerrar». Lo golpeó con el puño y la habitación se clausuró al instante con un nuevo par de puertas aún más fuertes que las anteriores. Podía oír a los Trepadores desde el otro lado.

—Espero que Freddy encuentre otro camino. No dejare que me derritan el culo unos mocos malformados. —Keishla se dio vuelta y se encontró con un laboratorio gigante, lleno de diferentes armas que no había visto antes. Obvservó diferentes robots inacabados, armas personalizadas y planos desparramados. A lo lejos, vio cuerpos con el pecho abierto y cabezas en diferentes estados de descomposición. Keishla no pudo aguantarse y se fue a un rincón a vomitar—. ¡Dios! —Tosió mientras se limpiaba la boca—. Esos eran mutantes que fueron tomados como rehenes. ¿Qué demonios hacían esos tipos? —Intentó centrarse en la misión y recorrió la habitación hasta que dio con un ordenador gigante lleno de cables—. Creo que encontré nuestro objetivo.

Keishla se acercó al ordenador y lo encendió. Las pantallas pedían una contraseña para acceder al sistema. Keishla sacó el aparato de su bolsillo.

—Bueno, haz lo tuyo, Astred. —Colocó el dispositivo que parece ser un disco flexible personalizado y automáticamente introdujo una contraseña, accedió y empezó a descargar toda la información. Keishla vio que en el monitor aparecían planos, coordenadas de invasiones, análisis de mutantes... todo tipo de datos sobre Sentry Run.

Mientras Keishla esperaba que la descarga finalizara, se dispuso a examinar las armas y los equipos colocados en una de las paredes, buscando algo útil para la batalla. Keishla escogió dos armas con forma de ondas, unos alambres de metal y un pequeño bastón. También vio una pieza de armadura: una hombrera. Debajo de la coraza había una pequeña aguja que podía girar hacia abajo. Le pareció extraño, pero útil. Tras guardar unas cuantas hombreras y otros materiales en la mochila, Keishla volvió a comprobar el estado de la descarga: estaba a punto de terminar. Cuando observó los últimos datos que aparecieron en la pantalla, se dio cuenta de algo raro.

Keishla vio detalles y datos sobre Zenrot, Freddy, Astred y ella misma en el monitor. Al parecer, Sentry Run los había estudiado a partir de una grabación de vídeo transmitida desde los sensores de la cabeza del robot. Antes de que pudiera leer el informe, la descarga terminó y el ordenador se apagó.

—Aviso, intrusos detectados en el laboratorio principal. Iniciar autodestrucción de la sede en diez minutos. —Otra alarma se escuchó en el edificio.

—No es una buena señal. —Keishla agarró el aparato y buscó una salida. La puerta principal estaba cerrada y los Trepadores seguían del otro lado. Miró a su alrededor y vio un paquete de armas sobre una caja. Keishla corrió hacia ella y buscó explosivos. Dentro había una amplia selección y se encontró con unos cuantos bloques de C4. Miró el techo. «Esa es mi salida», pensó. Keishla concentró su aura energética en los pies, se agachó y saltó tan alto como pudo. Pegó el C4 al techo y, luego de encontrar cobertura, lo detonó.

¡Boom! El techo se derrumbó y le abrió el paso. Saltó de nuevo a la planta veintiséis para después dirigirse a toda prisa hacia el tejado.

—Aquí Keishla, ¿me recibes? Cambio. —Keishla intentó contactar con Arashi mientras corría.

—Habla Arashi, ¿cuál es tu situación?

—Misión cumplida, obtuve la información que necesitaba y Zenrot está intentando eliminar el «Proyecto V». ¡Solicitamos extracción inmediata en la cima de este maldito edificio! ¡Este lugar explotará en menos de diez minutos!

—Recibido, informaré al piloto de reserva para que vuele a la parte superior del edificio. Asegúrate de que todo el mundo esté allí a tiempo, no podemos arriesgarnos a quedarnos demasiado tiempo. Fuera. —Arashi se despidió y Keishla encontró otra puerta de emergencia. Continuó subiendo las escaleras hasta la azotea.

—¡Dark Boy, Freddy! Keishla informa que este edificio va a explotar en menos de diez minutos. Tengo la información y estoy en camino al punto de extracción. El helicóptero viene por nosotros en la parte superior del edificio. Hagan lo que hagan, háganlo rápido, no nos esperarán demasiado.

—Espera, ¿dejaste a Freddy atrás? —Zenrot gritó a través de su comunicador. Keishla podía oír la lucha de fondo.

—Está bien, le dije que siguiera con la misión. Voy de camino a la azotea, ¿cómo va todo contigo, Zenrot? —La forma en que Freddy hablaba denotaba su mejoría.

—¡Todavía con el «Proyecto V»! ¡Ah! Esta cosa es más dura de lo que pensaba. —Keishla pudo oír el choque entre su espada y las hojas del «Proyecto V».

—Escucha Dark Boy, será mejor que vengas aquí y te salves. Deja atrás el «Proyecto V» y que explote con este edificio.

—Por mucho que me guste ese plan —se oyeron disparos de fondo—, esta cosa puede regenerarse. Estoy bastante seguro de que sobrevivirá a la explosión, así que ustedes dos tienen que alejarse. Me aseguraré de que este bastardo no vaya a ninguna parte.

Keishla empezó a gritar al micrófono.

—¡Haz lo que sea necesario para destruir el «Proyecto V», pero no te atrevas a quedarte ahí abajo y morir! Iré y te arrastraré hasta el tejado si es necesario. No perderé a otro compañero de equipo, ¿me oyes? ¡Ahora mata ya a ese baboso gigante y sube aquí! ¡Fuera!

—Caramba. Será mejor que lo consigas, minijefe, ya casi he llegado. Buena suerte. Fuera.

***

Zenrot se reía porque, a pesar de cómo le había tratado, Keishla seguía preocupándose. Estaba de rodillas, con la espada en la mano izquierda y la pistola en la derecha. Su frente sangraba y la mayor parte de su cuerpo estaba herida. El «Proyecto V» seguía en pie, sin daño alguno. Zenrot se levantó y atacó con su espada. No importaba cuántas veces lo intentara, el «Proyecto V» seguía esquivando todos los embates entrantes. Cuando el «Proyecto V» tuvo una chance, cargó una pequeña porción de energía en su mano y derribó a Zenrot de un solo golpe. Lo empujó hasta que chocó contra la pared.

Luchando por ponerse en pie, Zenrot escupió sangre por la boca y pensó en una forma de terminar la batalla. «Los ataques físicos no funcionan. Tampoco las pequeñas cantidades de energía de mis habilidades. Cada movimiento que hago, él está dos pasos por delante de mí... Supongo que no tengo elección», pensó. Zenrot ajustó la empuñadura del revólver, cargándolo con toda la energía acumulada en su cuerpo.

El «Proyecto V» intensificó el ataque contra Zenrot, pero él se centró en esquivar mientras cargaba su arma. Estaba casi acabado. El «Proyecto V» convirtió sus dedos en garras y lo apuñaló: una mano se clavó en el brazo de Zenrot que sujetaba la espada, mientras que la otra atravesó su estómago. El «Proyecto V» empezó a liberar líquido plateado en el interior de Zenrot, quemándolo desde el interior de su propio cuerpo.

Zenrot gritó de dolor, reaccionó rápidamente y dio un cabezazo al «Proyecto V». Este se vio obligado a soltarlo, pero cuando el «Proyecto V» retrocedió, cortó el pecho de Zenrot con la punta de las garras. Zenrot se lanzó hacia atrás y apuntó al «Proyecto V».

—¡Esta es la parte en la que te vas al infierno! —Zenrot le disparó una inmensa ráfaga de energía. La ráfaga golpeó al «Proyecto V» y lo atravesó hasta llegar al exterior del edificio.

Zenrot se desplomó en el suelo, exhausto. Veía borroso y tenía una leve sonrisa en la cara. A pesar de no ver bien, sabía que no había ni un solo rastro del «Proyecto V». Finalmente había sido destruido.

* * *

—¡Tengo que darme prisa! —Keishla seguía corriendo desesperadamente de camino a la azotea. Moviéndose tan rápido como podía, saltaba cada obstáculo en su camino. Intentó llamar a Zenrot, pero no obtuvo respuesta. Esperaba que no se hubiera quedado atrás. Finalmente llegó a la azotea y el helicóptero se acercó. Freddy la esperaba—. ¿Cómo has llegado tan rápido? —jadeó ella, tratando de respirar.

—Encontré un atajo.

—La próxima vez dime dónde está.

Freddy miró a su alrededor y vio que faltaba alguien.

—¿Dónde está Zenrot?

—¡No lo sé, no me ha contestado! —dijo preocupada Keishla. Quería volver, pero recordó que todo estaba cerrado. ¿Cómo iba a llegar Zenrot a la azotea a tiempo? Freddy sugirió marcharse mientras pudieran: tenían la información, así que sería suficiente. El lugar estaba a punto de estallar en cualquier momento, pero ella se negaba a abandonar a Zenrot. Intentó ponerse en contacto con él una y otra vez... pero no conseguía dar con él. El piloto insistió en subir al helicóptero y marcharse antes de que el edificio volara por los aires. Freddy subió, pero Keishla se quedó fuera en el tejado, esperando.

—Dos minutos —le dijo al piloto—. No se atreva a marcharse. Si no llega, partimos. —Keishla intentó ponerse en contacto con Zenrot una vez más por radio—. ¡Respóndeme, maldito bastardo!

—Aquí Zenrot —habló finalmente—. Objetivo neutralizado.

Nunca se había sentido tan aliviada al oír su voz.

—¿Dónde diablos estás?

—Todavía en el piso veinte... tratando de respirar.

—No es momento de descansar. Este lugar explotará en cualquier momento. Debes encontrar una manera de salir ¡ahora!

—La conversación quedó en silencio. Ella no oía nada—. ¿Me escuchas? —Keishla gritó en su comunicador.

—Sube al helicóptero —ordenó fatigado Zenrot.

—Al infierno me voy...

—Escúchame... —Se esforzó por alzar la voz—. Dile al piloto que rodee el edificio y se dirija a la planta veinte. Cuando veas un agujero gigante, acércate a él y prepárate.

—¿Lista para qué? Dark Boy, ¿hola? —Inmediatamente entró en el helicóptero y le dio al piloto las instrucciones que Zenrot le había dicho. El piloto insistió en que abandonaran el edificio, pero Keishla se puso muy nerviosa y furiosa y amenazó al piloto poniéndole una daga en el cuello.

—Si no sigues mis órdenes, con mucho gusto te cortaré la cabeza y la utilizaré como muñeco vudú.

Freddy se acercó a ella.

—Keishla, creo que deberíamos reconsiderar… —Una daga telequinética voló de su mochila y apuntó directamente a la cara de Freddy.

—¡No estamos reconsiderando una mierda! —Miró a Freddy con enfado y luego volvió a centrar su atención en el piloto—. ¡Empieza a volar! —El piloto no se lo pensó dos veces. El helicóptero orbitó alrededor del edificio en busca del agujero gigante—. ¡Allí! Lo veo, ¡pare ahí! —gritó Keishla al piloto y el helicóptero se puso lentamente en posición.

Entrecerró los ojos lo suficiente para enfocar y por fin vio a Zenrot, quien luchaba por mantenerse en pie. Debía de estar agotado por la pelea. Keishla gritó para que la viera, pero no obtuvo respuesta. Le pidió al piloto que se acercara, pero no pudo. Keishla sabía que podía aproximarse más, pero que no lo haría porque temía la explosión. Vio a Zenrot de pie y siguió llamándole.

—Un minuto hasta la autodestrucción. —Una última advertencia se escuchó en el edificio.

—¡Dark Boy! ¡Ven aquí ahora mismo!

—¡No lo logrará, salgamos de aquí ahora! —Freddy gritó y el piloto empezó a volar lentamente.

Se giró, frustrada.

—¡No te atrevas a irte! No le dejaré morir allí. Aunque deba...

—¡Keishla, mira! —gritó Freddy. Ella miró el agujero. Zenrot venía en su dirección e iba a saltar. El piloto no quiso correr el riesgo y empezó a alejarse del edificio. Mientras Zenrot corría, se puso la espada en la espalda y el revólver en la cintura. Y aceleró.

—¿Qué está haciendo? ¡Va a saltar al helicóptero!

—¡Está a unos 100 metros! No dará el salto —dijo el piloto.

—¡Oh, sí que lo hará! —Keishla observó a su alrededor y encontró una cuerda que ató a un asa del helicóptero. El otro lado de la cuerda lo amarró en torno a su cintura.

—¿Estás loca? No va a hacer ese salto. —Freddy trató de convencerla—. Está demasiado lejos.

—¡Cállate! —Caminó unos centímetros hacia atrás, preparada para cuando llegara el momento. Zenrot se acercaba. Tres... dos... uno... Keishla corrió y saltó mientras Zenrot pasaba por el borde del edificio. Al ver a Keishla en el aire, ambos estiraron los brazos para agarrarse mientras caían hacia abajo, a escasos centímetros de tomarse las manos. Mientras caían, y justo antes de que la cuerda llegara a su fin…

—¡Te tengo! —Keishla sujetó la mano de Zenrot. La cuerda se tensó pero impidió que cayeran—. ¡Sácanos de aquí! —gritó al piloto y el helicóptero se alejó del edificio. Freddy tiró de ellos tan rápido como pudo.

¡Boom! El edificio explotó y empezó a derrumbarse. Se habían apartado del estallido justo a tiempo.

—¡Frederick! Acelera, ¿quieres? Se me está cansando el brazo.

—¡Lo estoy intentando pero ustedes dos son pesados como el infierno!

—¿Me estás llamando gorda? ¡Espera a que volvamos a la base!

Freddy consiguió meterlos dentro del helicóptero. Keishla movió con cuidado a Zenrot y lo tumbó en el suelo mientras buscaba un botiquín para curar sus heridas. Zenrot seguía mareado, pero esbozó una débil sonrisa.

—Te dije que volvería, ¿no? —Keishla, furiosa, golpeó a Zenrot en el brazo—. ¡Ay!

—¡No vuelvas a asustarme así! ¡La próxima vez te dejaré morir!

Freddy se rio.

—Es gracioso porque decidiste arriesgar nuestras vidas para salvarlo. —Miró de nuevo a Zenrot—. Esa es su forma de decir «me alegro de tenerte de vuelta».

El «Proyecto V» había desaparecido y habían recuperado la información que necesitaban. La misión había sido completada. Todo lo que quedaba era volver a Art Gun.

CAPÍTULO OCHO

Keishla curó a Zenrot con un poco de alcohol y antibiótico médico para las profundas heridas del brazo y del pecho. Cuando Keishla lo tocó, Zenrot gritó de dolor. El líquido que el «Proyecto V» había liberado en su interior continuaba ardiéndole por alguna razón.

—Joder, te ha dado una buena paliza —dijo con un tono cortante y una sonrisa sarcástica—. La próxima vez tú te quedas con la información y yo lucho contra el objetivo.

Zenrot se rio.

—No habrá otra vez, y estoy bastante seguro de que habrías muerto en esa pelea. —Le apretó un poco el brazo—. ¡Ay! ¿Se supone que tienes que ayudarme o no?

—No con esa actitud —dijo Keishla mientras le ponía unas vendas.

—Zenrot, sé lo que estás pensando, no le digas ni una palabra —le advirtió Freddy mientras se reía. Zenrot miró su comunicador, intentando contactar con Art Gun, y Keishla se irritó porque ni siquiera se tomaba un descanso para sí mismo.

—Zenrot informando. Hemos eliminado con éxito el «Proyecto V» y tenemos lo que pidió en un dispositivo.

—Entendido —respondió Arashi—. Regresa a la base sano y salvo. Tenemos otros detalles que discutir. Descansa en el camino, cambio.

—Recibido, cambio y fuera. —Zenrot colgó y apoyó la cabeza en la pared del helicóptero. Keishla se sentó a su lado y le mostró los objetos que había encontrado en el laboratorio del cuartel general de Sentry Run, empezando por la hombrera. Zenrot la tomó, echó un vistazo a la pieza y vio la pequeña aguja que llevaba adherida. También encontró las instrucciones en el lateral, que decían: «Inyecta la aguja en tu hombro derecho para obtener una protección corporal completa. Asegúrate de no llevar ningún equipo ni tener obstáculos cerca cuando la uses». Keishla sugirió que podría probarlo más tarde, pero Zenrot indicó que estaría encantado de dejar que Art Gun lo comprobara primero.

Freddy se llevó la mano a la oreja. Keishla se dio cuenta de que alguien le hablaba a través de su dispositivo de comunicación. Freddy se levantó y se dirigió a hablar con el piloto. Zenrot aprovechó para hablar en privado con Keishla.

—Quiero disculparme, Keishla.

—¿Eh? —El comentario la sorprendió—. ¿Por qué? ¿Por ser un cabrón?

—No —respondió rotundamente—. Por ponerlos en peligro. Por mis errores... Astred se ha ido. Todo habría resultado mejor si les hubiera hecho caso en la cámara acorazada. Debería haberme comportado de otra manera. Debería haber...

—Cállate —dijo Keishla—. Solo... cállate. Por favor. — Keishla se quedó en silencio y miró hacia otro lado, ignorando a Zenrot.

No podía culpar a Keishla, pero él quería saber cómo se sentía. ¿Triste? ¿Iracunda? Después de todo, Astred en sus últimas palabras les pidió que se cuidaran mutuamente. Lo mejor era darle a Keishla algo de espacio.

Unos minutos después, el helicóptero cambió de dirección y empezó a temblar un poco.

—¿A dónde vamos? —preguntó Zenrot, confuso.

—Nos dirigimos al Bosque Rasenof —respondió Freddy, caminando hacia ellos.

—Son varios días a pie, lejos de Art Gun —le dijo Keishla a Freddy.

—Arashi me dijo que deberíamos tomarnos un día para descansar antes de volver. Le expliqué el estado de Zenrot, y me dijo que pasara la noche acostado.

—¿En medio de un bosque? Suena seguro —dijo Zenrot con sarcasmo. Intentó levantarse, pero aún le costaba debido a sus heridas. Keishla lo obligó a descansar y le dijo que dejara de pensar en dar órdenes. Zenrot insistió, pero Keishla no iba escuchar. Le pidió a Freddy que hablara con el piloto para encontrar un buen lugar de aterrizaje en el bosque.

Cuando Freddy estuvo fuera del alcance de sus oídos, Keishla susurró algo a Zenrot, asegurándose de que nadie más la escuchaba. Zenrot soltó un gritito de sorpresa y miró a Keishla. Ella asintió con un dedo en los labios, indicándole que guardara silencio.

El piloto encontró un claro en el que había una cascada y no muchos árboles para aterrizar. Cuando tocaron el suelo, Keishla ayudó a Zenrot a bajar del helicóptero. Freddy la siguió para encender una hoguera. El piloto se quedó en la aeronave. Keishla se quitó la mochila para aliviarse un poco y Zenrot dejó la espada. Ella miró pensativa el arma, sintió curiosidad y e intentó levantarla. Por desgracia, pesaba demasiado para ella.

—¡Mierda! ¿Cómo no se te ha desgarrado la espalda? —gritó, luchando por al menos blandirla—. ¡Oh, a la mierda! —Los chicos empezaron a reír juntos y Freddy señaló que estaba oscureciendo, para luego sugerir que descansaran un poco. Puso su guadaña junto a la espada de Zenrot, y Keishla añadió su mochila al montón.

—¡Oye, piloto! —Freddy gritó—. ¿Por casualidad no tendrás alguna almohada? —No hubo respuesta, pero el piloto lanzó la mochila de un paracaídas—. Supongo que puede funcionar.

Zenrot rio y miró a Keishla. Ella se limitó a observarlo con seriedad, como un recordatorio de lo que habían hablado. Keishla encontró un trozo de tronco de árbol y decidió utilizarlo como almohada

—¿Es eso cómodo? —preguntó Freddy.

—Métete en tus asuntos. —Se tumbó en el suelo del bosque, mirando hacia otro lado.

—¡Santo! Solo pregunto si prefieres la mochila...

—Estoy bien —dijo Keishla—. Ahora déjame dormir.

Freddy no se atrevió a volver a hablar con ella y se dirigió a Zenrot.

—Ha sido un viaje infernal —comentó Zenrot. Se acercó

a un árbol y, con cautela, se dio la vuelta; se sentó y apoyó la espalda contra el árbol.

—¿Necesitas algo? —preguntó Freddy amablemente.

—¡Ah! Estoy bien —replicó Zenrot adolorido mientras intentaba ponerse cómodo—. Solo necesito descansar.

—Muy bien. —Freddy cogió el paracaídas y lo puso en el suelo, se tumbó y acomodó—. Bueno, a dormir. Buenas noches.

—Buenas noches. —Zenrot permaneció despierto, observando a Freddy mientras dormía. Se preguntó si el paracaídas se quemaría con las ardientes cenizas que salían de su cabeza. Barrió el perímetro con la mirada, escudriñando el bosque en caso de que hubiera una emboscada. Alrededor de una hora después, no había ocurrido nada. Los párpados de Zenrot empezaron a caer. Intentó mantenerse alerta, pero estaba agotado por la batalla. Todo se veía borroso y, finalmente, se durmió.

***

En mitad de la noche, Zenrot oyó un ruido. Se levantó para dar una ojeada y se dio cuenta de que el piloto estaba registrando la mochila de Keishla. Zenrot se enfrentó a él.

—¿Todo bien? —preguntó. El piloto dio un respingo, asustado. Se enredó con sus palabras, mencionó que había perdido algo importante y que pensó que Keishla podría haberlo cogido por accidente—. ¡Oh! Quizá pueda ayudarte. ¿Qué es exactamente lo que buscas? —preguntó amablemente Zenrot.

El piloto volvió a murmurar, sin saber qué contestar.

—Estás buscando el dispositivo, ¿verdad? —El piloto entró en pánico, intentó negarlo, pero hablaba muy nervioso y, según notó Zenrot, sudaba de miedo. Keishla oyó los ruidos y se despertó.

—Uh, ¿qué está pasando? —Keishla se volteó, observó a Zenrot y al piloto hablar, y luego se dio cuenta de que su mochila estaba abierta—. ¿Quién demonios registró mis cosas? —preguntó furiosa, poniéndose de pie.

—Al parecer este caballero de aquí —dijo Zenrot con calma.

Keishla se volvió hacia el piloto, sacó una daga telequinética de su mochila y le apuntó en la cara.

—¿Quieres explicarte?

—¿Qué es todo esto? —preguntó Freddy que venía de dar un paseo. Parecía muy despierto, y al parecer, no había dormido.

—¡Estaba inspeccionando mis cosas! —Keishla dio un paso hacia su mochila y el piloto corrió hacia el helicóptero. Luego se dio la vuelta para mirar a Freddy—. Pero tú lo sabías... ¿no?

—¿De qué estás hablando?

—¡No te hagas el tonto conmigo! Quieres el dispositivo, ¿verdad? Estabas buscando la oportunidad perfecta para cogerlo y dejarnos atrás. No puedes matarnos, así que querías encontrar una forma fácil de deshacerte de nosotros.

Freddy permaneció callado durante un minuto, sin decir una palabra. Zenrot no hablaría hasta que ocurriera algo que pudiera juzgar. Freddy, por otro lado, pasó de una cara seria y pálida... a una sonrisa. Una sonrisa que significaba que no tramaba nada bueno

—Bueno, bueno... para ser honesto, pensé que Zenrot habría sido el que se diera cuenta, no tú, Keishla.

—Lo sé desde que llegaste al tejado antes que yo. No te costó subir a pesar de todos los Trepadores que había en el camino. También insististe muchas veces en abandonar Zenrot. Por último, me di cuenta cuando volábamos de que Arashi se puso en contacto contigo y dio instrucciones al piloto. Sí... incluso esta zorra tonta tiene trucos ocultos.

Freddy levantó las manos, inclinó la cabeza y caminó muy despacio hacia ellos mientras empezaba a reírse.

—Felicidades, me han descubierto. Ya no puedo ocultarlo. Por desgracia, no tengo mucho tiempo para hablar de ello en detalle. Voy a necesitar el dispositivo que, por lo que parece, el piloto no encontró en tu mochila. Así que supongo que lo tienes tú. —Bajó las manos y volvió los ojos hacia Keishla—. Si puedes, por favor...

—No va a pasar —interfirió Zenrot. Su espada estaba a unos pasos de su alcance. Zenrot sostenía el arma en su cintura, listo para sacarla. Keishla soltó lentamente las dagas que le quedaban con su telequinesis.

—Confía en mí, esta no es una pelea que quieras librar. Entrega el dispositivo de Astred. Es la última advertencia —dijo amablemente. Zenrot sujetó su arma con más fuerza y Keishla mantuvo las dagas en el aire. Un silencio absoluto se instaló entre los tres. Freddy cerró los ojos y miró al suelo, su pelo se encendió rápidamente y sus manos estaban a punto de soltar fuego—. Muy bien.

Freddy corrió hacia Zenrot primero, ya que era el más vulnerable. Sus puños estaban en llamas y lo suficientemente cerca como para golpear a Zenrot. Gracias a sus rápidos reflejos, Freddy esquivó una daga. Miró a Keishla, a quien le quedaban solo cinco navajas. Freddy se apartó de un salto y Zenrot aprovechó para alcanzar su espada, agarrarla con una mano y atacar a Freddy.

Zenrot blandió su espada desde arriba, pero Freddy cogió la guadaña y bloqueó el ataque. Le impresionó que Freddy pudiera contener su fuerza y el peso de la espada. Freddy empujó a Zenrot con su guadaña y lo hizo retroceder; corrió rápidamente para acercarse y envainó la guadaña en su espalda. De cerca, golpeó a Zenrot muchas veces con sus puños ardientes desde el abdomen hasta el pecho. A continuación, saltó, giró en el aire y pateó a Zenrot en la cara para derribarlo. Zenrot cayó al suelo mientras gemía de dolor, sujetándose el estómago a causa de los puñetazos ardientes.

—Puede que tengas fuerza, pero yo soy mucho más rápido que tú. —Freddy habló con confianza mientras liberaba fuego a través de su mano para acabar con Zenrot. Keishla sorprendentemente saltó y pateó a Freddy en el brazo, alejándolo. Empezó a luchar contra Freddy de cerca. Ambos tenían los mismos reflejos y la misma velocidad al atacar cuerpo a cuerpo, se bloqueaban el uno contra el otro.

—¿Por qué? ¿Por qué demonios haces esto? ¿Después de todo lo que hemos pasado? —gritó Keishla mientras luchaba. Zenrot seguía en el suelo observando la pelea, y se percató de que Keishla no estaba usando sus dagas contra Freddy. Freddy, por otra parte, no parecía querer hablar.

Freddy agarró la coleta de Keishla y tiró con fuerza de ella hacia atrás. La hizo doblarse, tomándola desprevenida y desequilibrándola; Freddy atacó con el codo, golpeándole el centro del pecho justo entre los senos y obligándola a caer al suelo.

Ella gruñó de dolor, pero se incorporó lentamente. Freddy pateó a Keishla, haciéndola caer. Buscó en sus bolsillos y encontró el dispositivo que contenía la información. Ya de pie, Freddy se inclinó para esquivar una bala de energía proveniente de Zenrot, quien luchaba por mantener firme su arma.

Freddy se levantó, observó a Zenrot y esbozó una sonrisa mordaz. Luego, sus manos generaron bolas de fuego que lanzó a Zenrot. Zenrot levantó el arma y empezó a disparar a las esferas de fuego mientras caminaba hacia atrás. Habiendo presionado lo suficiente a Zenrot, Freddy corrió y sus puños se transformaron en fuego. Le dio a Zenrot un fuerte puñetazo en el abdomen con los nudillos; Zenrot se agachó, maldiciendo. Freddy le asestó un uppercut en la barbilla. En cuanto Zenrot cayó hacia atrás, Freddy lo agarró de la nunca con ambas manos. En un movimiento salvaje, golpeó con fuerza la cara de Zenrot contra su rodilla, haciendo que su nariz sangrara, y lo dejó al suelo.

El piloto se preparaba para partir con el helicóptero.

—Frederick, vámonos. Tenemos lo que necesitábamos. ¡Acaba con ellos! —gritó desde la distancia. Freddy empezó a caminar hacia el helicóptero mientras aseguraba el dispositivo en su bolsillo.

—Al diablo… que te vas. —Luchando por hablar, Keishla se impulsó levemente para levantarse. Freddy se acercó a ella y le pisó la espalda con el pie. Luego dio un segundo pisotón, asegurándose de que no pudiera levantarse, y luego se alejó—. No te saldrás con la tuya —jadeó ella y lo miró entrar en el helicóptero.

—Creo que acabo de hacerlo.

—¿Qué estás haciendo? —gritó el piloto—. ¡Se supone que no debes dejar testigos!

—¡Bah! ¡Deja de lloriquear! No durarán aquí en el bosque. —Freddy se dio unos golpecitos en la frente, como si hubiera olvidado algo. Sacó lentamente su guadaña y se dio la vuelta, dio unos pasos y encaró a Zenrot y Keishla—. Por cierto... —dijo, esperando que Zenrot y Keishla se incorporaran—. Creían que no podría matarlos, ¿verdad? —Freddy empezó a soltar fuego a través de su guadaña—. Pongamos eso a prueba. —Giró con su guadaña a una velocidad increíble, creando un anillo de fuego que poco a poco se hizo más grande. Fue entonces cuando Zenrot se dio cuenta de la intención de Freddy.

—Keishla... ¡debemos huir, ahora! —Sonaba asustado y retrocedió lentamente.

—¿Por qué? Podemos con él —dijo confiada, pero aun temblando por los golpes. Keishla se dio cuenta de que el anillo de fuego de Freddy se estaba haciendo más grande que el helicóptero. Se echó hacia atrás—. Retiro lo dicho... ¡Corre!

Keishla avanzó hacia Zenrot y lo empujó hasta que ambos echaron a correr. Freddy completó el anillo, formando un círculo gigante de fuego. Lo lanzó como si fuera un disco e incendió todo el bosque. Los árboles se convirtieron en cenizas en un instante mientras el fuego se extendía, creciendo con cada segundo que pasaba. Las llamas se acercaron a Zenrot y Keishla. Si no se les ocurría algo pronto, ellos serían los siguientes en convertirse en cenizas. Zenrot miró a su alrededor, buscando cobertura o algo que pudiera salvarlos

—¿A dónde vamos? —gritó Keishla mientras jadeaba.

Ambos divisaron una cascada. Zenrot supuso que debería ser profunda.

—¿Qué tan buena eres conteniendo la respiración? —preguntó mirando a Keishla mientras se dirigían hacia la cascada. Keishla cuestionó el plan, pero comprendió la idea a medida que se acercaban. En cuanto llegaron al borde, saltaron desde el acantilado y se zambulleron en el agua.

El agua del lago bajo la cascada detuvo la fuerza de la caída y pudieron ver cómo el fuego se extendía por la parte superior de la cascada. Se sumergieron y aguantaron la respiración hasta que no hubo moros en la costa. Al cabo de unos minutos, vieron pasar una sombra por encima de ellos. Era Freddy.

Miraba tratando de encontrarlos. Keishla observó a Zenrot, el miedo era visible en su rostro incluso en la penumbra del fondo del estanque. Zenrot se llevó un dedo a los labios, indicándole que se quedara quieta y tranquila.

Desde las profundidades, Zenrot y Keishla oyeron hablar al piloto.

—¿Los eliminaste?

—Definitivamente. —Freddy confirmó sus muertes, caminando lentamente alrededor del borde del lago una vez más. Luego, con una terrible parsimonia, se retiró al helicóptero.

Cuando Zenrot y Keishla dejaron de oír las aspas del helicóptero, nadaron hacia la superficie. La pareja finalmente salió y se tumbaron en el borde de la hierba para respirar. El bosque de Rasenof ya no existía. Todos los árboles que quedaban ardían en llamas y las hojas se convertían en cenizas. No quedaba nada verde, todo había desaparecido.

—¿Qué demonios acaba de pasar? —Keishla tosió, escupiendo el agua que había tragado por estar demasiado tiempo sumergida.

—Creo... que acabamos de ser desterrados de Art Gun.

CAPÍTULO
NUEVE

A medianoche, Zenrot y Keishla seguían caminando lejos del bosque y en dirección a Art Gun. Buscaban un lugar donde pasar la madrugada. El cielo estaba nublado y parecía que iba a llover. Al menos la lluvia apagaría el fuego que Freddy había provocado en Rasenof. Después de caminar casi treinta minutos, encontraron una cueva donde dormir. Poco después de entrar, empezó el diluvio. Zenrot y Keishla no habían hablado durante en el viaje de regreso. Zenrot quería darle espacio a Keishla porque suponía que debía de estar aún más frustrada y confusa que él.

Sentado en la cueva, Zenrot se quitó las piezas de su armadura con sumo cuidado para no tocarse las heridas. El equipo había sufrido demasiados daños durante la misión en el cuartel general de Sentry Run, así que era inútil seguir llevándolo. Zenrot se miró el brazo, las vendas estaban llenas de sangre. Quiso quitárselas para limpiarse, pero Keishla adivinó su intención cuando llevó la otra mano hacia el nudo.

—Ni te molestes —ella aconsejó—. Las heridas son demasiado profundas para quitarte las vendas ahora. Si lo haces, mientras duermes empezarás a sangrar. Déjalo para mañana.

No estaba seguro, pero a juzgar por la expresión de Keishla, ella intentaba ser considerada; él decidió seguir su consejo mientras ella se quitaba la mochila. Se puso en pie, se quitó la armadura pieza a pieza y la arrojó fuera de la cueva. Miró el estado de su uniforme, el pequeño logotipo de Art Gun en el lado izquierdo de su camisa llamó su atención. Keishla cogió las varillas que sujetaban su pelo y lo dejó suelto. Zenrot la miró de cerca, dándose cuenta de que las varillas eran finos cuchillos. Keishla empezó a cortar el logotipo de la camisa.

—¿Crees que es una buena idea? —preguntó Zenrot con una ceja levantada, ya que el logotipo estaba ubicado por encima del pecho y estaba creando un agujero en la tela.

Keishla puso los ojos en blanco.

—Llevo brasier. Así que no verás nada, no te hagas ilusiones—. Le apuntó con el cuchillo.

—¡No lo estaba! —Zenrot apartó la mirada.

Dejó caer el cuchillo sobre la camiseta y empezó a arrancar suavemente el logotipo, haciéndolo con cuidado para que no se deshiciera del todo.

—Además, ¿crees que voy a representar a esos cabrones después de lo que ha pasado? —Una vez que terminó, se ató el pelo en una coleta con las delgadas dagas—. La pregunta es, ¿por qué hicieron esto? ¿Y por qué Freddy trató de matarnos?

—No lo sé. Aunque estoy seguro de una cosa. Freddy podría habernos matado, pero nos dejó vivir. —Zenrot puso su espada y su pistola a un lado en el suelo para hacer espacio y tumbarse—. Freddy sabe que sobrevivimos. Creo que hizo ese último ataque para que el piloto creyera que habíamos muerto.

—Eh... ¿pero por qué? ¿Por qué Freddy se tomaría tantas molestias? ¿Y por qué Art Gun nos querría muertos?

—Ojalá pudiera responder a esas preguntas. —Zenrot trató de ponerse cómodo sobre la dura piedra—. No podemos fiarnos de nadie que sea miembro de Art Gun.

—¡Yo digo que vayamos y lo averigüemos nosotros mismos! —Keishla exigió.

—Relájate, no estamos en condiciones de luchar. Probablemente después de hoy estarán más atentos que nunca. Lo pensaremos mejor mañana.

—Da igual. —Keishla se tumbó en el suelo, girándose hacia un lado agresivamente para ver el exterior de la cueva, y observó el humo que salía del bosque—. Me voy a dormir —dijo, luchando para encontrar una forma cómoda de acostarse—. Para que conste —añadió en voz baja—, no te culpo por la muerte de Astred. —Dejó que las palabras quedaran suspendidas en el aire de la cueva y guardó silencio. Se había dormido.

A Zenrot le sorprendió que Keishla sacara el tema. Probablemente llevaba tiempo guardándoselo y no había sabido cómo expresarse al respecto hasta ese momento. Zenrot se alegró de que Keishla hubiera hablado de ello y se tumbó mirando el techo de la cueva. Intentó analizar todo lo que los había llevado a ese punto y se preguntó si Astred también había formado parte de lo ocurrido. No tenía sentido que hubiera colaborado, ya que Astred había mencionado ser consciente de las intenciones de

Art Gun en su lecho de muerte. Zenrot recordó que Astred había dicho que se quedara con Keishla a toda costa, pero no había mencionado a Freddy. Quizá Astred intuía algo, pero nunca tuvo tiempo de decirlo. Zenrot dudaba de los que lo habían apoyado: el Sr. Han, Grim, Brandolf, y Ryan... especialmente Ryan. Él era el mentor de Zenrot, el que le había regalado la espada y lo había entrenado para ser quien era. Mientras pensaba en todo lo sucedido una y otra vez, Zenrot finalmente se quedó dormido.

***

A la mañana siguiente, la luz del sol se coló en la cueva e iluminó la cara de Zenrot. Él se despertó y miró hacia un lado para ver a Keishla. Ella seguía durmiendo y, mientras él la observaba, ella comenzó a roncar con fuerza.

—Qué flor tan delicada —dijo sarcásticamente y en voz baja. Zenrot miró dentro de la mochila de Keishla, comprobando si había algo para comer. «Me voy a arrepentir de esto», pensó. Zenrot veía que es una mochila personalizada. Cada daga está guardada en un compartimento de la mochila en donde solo podía ver las empuñaduras como si fuera una corona. Adicional tiene una cremallera, cuando veía su interior podía guardar varios materiales. Por último, al frente tiene una correa que ajusta un bolsillo en donde podía guardar cosas pequeñas.

Zenrot, aparte de las dagas, encontró dos hombreras, cuatro espadas, un bastón corto y un cordón metálico. «¿Por qué una cuerda?», se preguntó. Cuando Zenrot analizó las espadas y las acercó, se conectaron entre sí. Miró el cordón y el bastón corto y tuvo una idea, una idea para trabajar en un arma. Recordó a

Keishla disparando a larga distancia. Zenrot miró su reloj. 10:26 a.m. Haría todo lo posible por fabricarla para el final del día.

Pasaron unas horas y Keishla por fin se despertó. Tenía el pelo revuelto, aunque se lo había atado con sus finas navajas. También tenía babas en la cara.

—Buenos días, florecita —la reprendió Zenrot.

—Vete a la mierda —dijo Keishla molesta, rascándose los ojos para ver mejor—. ¿Has rebuscado entre mis cosas? —La somnolencia se transformó en ira cuando una daga flotó en el aire.

—Lo siento, tardaste en despertarte y me aburrí. Así que pensé en hacer algo para ayudarte a luchar en la batalla. —Keishla miró fijamente a Zenrot, bajó su daga y se calmó. Mencionó que saldría a dar una vuelta para encontrar algo de comida y agua.

Mientras Keishla estaba fuera de la cueva, Zenrot siguió trabajando en el arma. Dos de las hojas eran cortas y las otras dos más largas. Zenrot unió una corta y una larga en cada extremo, con el lado corto unido. Hizo lo mismo con las otras hojas, creando un dispositivo para meterlas y sacarlas como una navaja de mariposa. El bastón funcionaba como un mango entre las dos hojas.

Practicó un único movimiento que hizo que la hoja se abriera y cerrara con poco esfuerzo. No fue difícil unir las piezas; parecía que las hojas estaban hechas para ese fin, aunque el bastón era improvisado. Por último, la cuerda. Zenrot ató la cuerda metálica a la punta de la hoja y tiró de ella lo suficiente como para atarla a la punta opuesta. Se aseguró de que fuera lo suficientemente elástica para doblarla en forma de arco.

Después de unas horas trabajando, ya había terminado.

Zenrot volvió a practicar, asegurándose de que la cuerda no se rompiera. Se retraía cuando las hojas se introducían y se estiraba lo suficiente para desenvainarse cuando las hojas estaban fuera. Tras unos cuantos ajustes, Zenrot por fin tenía el arma como quería. Justo después de que terminara de prepararla, Keishla llegó.

—¡Hombre! No hay casi nada en la zona. Por suerte, encontré un manzano. Pero solo había cinco. —Keishla le dio dos manzanas a Zenrot.

—Solo has traído cuatro.

—Me comí una en el camino. —Sus ojos se desviaron hacia el arma que tenía Zenrot en la mano—. ¿Qué es eso?

—Es un arco cuchillo. —Zenrot explicó el arma personalizada y cómo la había fabricado para funcionar tanto en combate cuerpo a cuerpo como a distancia. Keishla quedó impresionada con el trabajo de Zenrot.

—¿Será un nuevo juguete tuyo? —preguntó, restando importancia a su interés por el artefacto. Zenrot intentó no reírse porque Keishla le parecía adorable; por la expresión de su cara, era evidente que le gustaba el arma.

—No, lo he hecho para ti —dijo Zenrot, estiró el brazo y le tendió el arco cuchillo.

—¡Espera! ¿Hablas en serio? —Se sorprendió.

—Tómalo, es tuyo. Además, lo hice con los objetos que encontraste. Es lo justo. También, no es mi estilo. Sé que te gusta luchar en silencio y he oído que tienes buena puntería. Así que, tómalo, es tuyo —insistió Zenrot.

Tras pensárselo un momento, finalmente lo sujetó. Al sonreír y ver cómo admiraba el arma desde distintos ángulos, Zenrot notó que Keishla estaba contenta. Se sentó para tomar un descanso y comer su manzana. Después de un momento, Zenrot se dirigió a Keishla.

—Mañana me gustaría evaluar tu puntería.

Keishla lo miró con confusión.

—¿Cómo quieres que lo dispare? No tengo flechas.

—Creo que puedo hacer algunas en el bosque... si quedan ramas. —Zenrot sugirió que podría fabricar algunas flechas, pero aunque hiciera muchas, no serían suficientes para luchar contra un ejército. Él estaba pensando en otras soluciones cuando...

Chasqueó los dedos, dándole una idea a Keishla.

—O tal vez... usas tu energía...

—¿Eh? —Keishla estaba aún más confundida—. No te sigo.

—Puedes usar tu energía para hacer tus propias flechas. Igual que yo hago con mi pistola. Así tendrás munición ilimitada, al menos hasta que te quedes sin energía.

Keishla se rio nerviosamente, pensando que era una broma, pero la forma en que Zenrot hablaba era condenadamente seria.

—No puedo. Me resulta muy difícil liberar energía así.

—Pero te he visto liberar energía en la hoja de tus dagas y en la espada.

—No es tan sencillo —dijo Keishla, avergonzada—. Siempre concentro mi energía en la telequinesis. Solo puedo levantar objetos ligeros y muy específicos. Es fácil liberar mi energía a través de las dagas porque estoy acostumbrada a luchar siempre con ellas. —Keishla se miró la mano, intentando liberar energía de sus dedos. Solo salían destellos de luz—. Aparte de mis espadas, cuando intento liberar mi energía para crear una habilidad propia... siento como si algo dentro de mi cuerpo impidiera su liberación. —Keishla observó a Zenrot—. Suena extraño, pero es la verdad.

—Mmm... tal vez necesitas practicar con el arco cuchillo a partir de ahora. —Zenrot sacó su arma y se movió con cuidado debido a sus heridas—. Podrías intentar practicar como Ryan me enseñó durante mi entrenamiento. Sinceramente, nunca aprendí a liberar mi energía como Frederick. Pero cuando Ryan mandó hacer esta pistola para mí, me resultó mucho más fácil. Se diseñó como una forma de canalizar la energía sin necesidad de controlarla y vacilar para liberarla. Piensa en ello como una forma de entrenar el cuerpo y lo que sientes al tener que sostener tu propia energía.

—Ryan parece un buen entrenador.

—Lo era... —Zenrot se volvió para mirar de nuevo a su espada—. Solo espero que no esté involucrado en este lío. —Los ojos de Zenrot se desenfocaron y miró al frente mientras comía su segunda manzana. Keishla se sintió un poco triste porque Zenrot se preocupaba genuinamente por el comandante.

—Pronto tendremos respuestas. Lo prometo —dijo Keishla.

—Sí... —sonaba inseguro. Zenrot terminó su manzana y se percató de que estaba oscureciendo. Mientras se preparaba para dormir, se le ocurrió hacer una pregunta—. Por cierto... ¿tenías algún plan concreto para la cuerda antes de que la usara? —Mientras se tumbaba en el suelo, Zenrot miró a Keishla con curiosidad. Aunque ella había recibido el arco cuchillo con entusiasmo, Zenrot sintió una punzada de culpabilidad por haber cogido las piezas y haberlas usado sin preguntar antes.

Keishla rio sarcásticamente, aparentemente despreocupada.

—Bueno, pensaba usarla como arma para estrangular a alguien, pero la has convertido en algo mucho más útil. —Zenrot sonrió con nerviosismo al pensar en las extrañas formas que Keishla elegía para eliminar a sus enemigos. Intentó cambiar de tema—. De todos modos, debes de estar cansado de trabajar en esta arma toda la tarde. Descansa un poco. Yo dormiré en unos minutos.

Keishla se sentó a la entrada de la cueva y miró las estrellas. Podía sentir que Zenrot seguía despierto, tal vez porque temía que Keishla lo traicionara mientras dormía. Keishla giró un poco la cabeza, miró a Zenrot y se dio cuenta de que él la miraba a ella.

—No te preocupes. No te mataré mientras duermes por tocar mis cosas —dijo en voz baja, guiñándole un ojo. Él rio con inquietud, se dio la vuelta e intentó dormir. Keishla soltó una risita y desvió la mirada hacia los astros. Incluso después de todo el lío de los últimos días, disfrutaba de los momentos tranquilos de una noche apacible.

CAPÍTULO
DIEZ

Era de día. Zenrot estaba en la cascada cerca del bosque Rasenof, del cual mucho no quedaba. Por suerte, la lluvia había impedido que el fuego siguiera propagándose. En unos años, el bosque podría volver a crecer como antes. Zenrot se quitó la camisa y las vendas con cuidado. Limpió suavemente la sangre de su brazo. Pudo ver los pequeños agujeros que el «Proyecto V» había dejado con sus garras. Lo mismo observó en su abdomen. No estaba tan mal como su brazo. Después, Zenrot tomó la camisa y se la volvió a poner mientras se levantaba. Ya vestido, fue empujado bruscamente por la espalda y cayó en la cascada. Nadó hasta salir del agua, listo para atacar.

—Buenos días, rayito de sol. —Había sido Keishla, sonriente, quien empujó a Zenrot.

—¿Por qué demonios has hecho eso? —preguntó Zenrot.

—Así podrás limpiarte como es debido. Apestas.

—Muy gracioso. —Zenrot sacudió las manos y retorció su camisa para sacarle el agua. Se dio cuenta de que Keishla tenía el arco cuchillo en la mano.

—¿Tienes algún truco para liberar energía de tus manos? —preguntó Keishla.

Zenrot rio y se acercó.

—Bueno, vamos a ello. —Sacó su pistola de la funda. Le mostró a Keishla cómo concentraba su energía a través de la palma de la mano y cómo fluía lentamente hasta el interior del cilindro. Zenrot sugirió que se concentrara en un objeto, en este caso, el arco cuchillo. No era exactamente el mismo método que utilizaba el revólver de Zenrot, porque Keishla tendría que crear una flecha con su energía.

A ella le resultaba difícil, así que, para empezar, sacó una fina navaja de su pelo, el cual dejó suelto. Keishla trató de concentrar su energía en la hoja. Poco a poco fue dándole forma con su energía, haciéndola más larga y afilada. Una vez que Keishla sintió que la energía fluía a través de la daga, la soltó y movilizó la energía con los dedos. La mantuvo en la palma de la mano y empezó a moldear la daga como una flecha. Estiró la hoja, para que se pareciera más al astil y... Explotó.

—¡Joder! —Keishla sacudió la mano y luego cogió con rabia el fino cuchillo del suelo.

—No pasa nada, ya le vas cogiendo el tranquillo. Mantén la concentración —la animó Zenrot. Keishla volvió a intentarlo, esta vez sin el cuchillo. Lo enrolló hábilmente en su pelo para sujetar la coleta y luego mostró la palma de su mano. Keishla liberó lentamente su energía y volvió a formar la flecha. Al cabo de unos segundos, sin embargo, se convirtió en una pequeña bola de energía y estalló.

—¡Mierda! —gritó, agitando la mano arriba y abajo—. No sé cómo lo haces con tu pistola.

—Toma. —Zenrot entregó el revólver a Keishla—. Prueba mi arma, entonces.

Keishla dudó, pero rodeó con las manos la empuñadura del revólver y la tomó de todos modos.

—Apunta a ese árbol. —Señaló Zenrot con el dedo—. Intenta liberar tu energía lentamente. Deja que fluya hacia la empuñadura del arma.

Keishla sujetó el revólver con las dos manos y liberó energía desde las palmas de sus manos. La energía viajó por el mango, cargando el arma. Zenrot notó algo en el proceso.

—Tu energía es amarilla —dijo en voz baja.

—¿Hay algo malo en eso?

—No. Solo una observación.

Keishla sintió que el arma estaba lo suficientemente cargada. Disparó y su energía atravesó el aire hasta llegar al árbol, que se rompió en pedazos. Zenrot observó a Keishla y notó cómo al disparar con su arma ella se agotaba con rapidez.

—Te sugiero que practiques con el revólver —dijo Zenrot—. Así podrás desarrollar resistencia cuando uses tu energía. Cuando te sientas lo suficientemente segura, podrás intentar crear una flecha desde cero.

—Nunca pensé que sería tan difícil...

—Es solo cuestión de práctica. Me llevó un tiempo acostumbrarme. —Zenrot se alejó hacia el bosque.

—¿A dónde vas?

—Voy a hacer unas cuantas flechas ya que esto puede llevar tiempo. Tú sigue practicando.

—Uff. Es más fácil decirlo que hacerlo...

***

Keishla llevaba unas dos horas practicando con el revólver de Zenrot. Era difícil controlar su energía como lo hacía Zenrot, pero consiguió definir muy bien sus límites. Zenrot estaba sentado en una roca, observando cómo Keishla practicaba con las flechas normales que había hecho para ella. Ella observó los árboles que quedaban y prestó atención a las hojas. Cuando algunas empezaron a caer, sacó una flecha y disparó a una hoja, atravesándola. Miró otras tres que caían, corrió en un círculo con su arco cuchillo en la mano, lista para disparar. Finalmente, lo hizo. Golpeó las tres hojas con una sola flecha.

—No está mal. —Zenrot estaba asombrado—. Sí que tienes buena puntería.

—Je. No es nada —dijo Keishla, un poco engreída—. ¿Crees que debería intentarlo de nuevo con la flecha de energía?

—¿Podrás manejarlo? —contestó Zenrot con una sonrisa.

—Ahora estás siendo un capullo.

—Inténtalo de una vez.

Keishla le dio la espalda y guardó las otras flechas en su mochila. Extendió la mano y empezó a liberar energía pausadamente. Con delicadeza, la transformó en una pequeña bola. La energía fue más constante, pero la bola desapareció rápidamente.

—¡Ah! ¡Vamos!

—Al menos no explotó esta vez. Es un comienzo.

—¡Todavía! Se está volviendo molesto.

—Inténtalo de nuevo. Haz tu mejor esfuerzo para concentrarte.

Keishla respiró hondo e intentó de nuevo. Poco a poco, una esfera se formó. Keishla movió un dedo, trató de mantener la energía estable, y notó que la bola recibía una descarga por el movimiento. Se le ocurrió mover los dedos mientras la bola tomaba consistencia. Zenrot se sorprendió de que su energía durara tanto.

—¡Eso es! ¡Sigue así!

—¡Shh! Estoy enfocada.

Keishla siguió jugando con sus dedos hasta que la bola de energía finalmente se convirtió en una flecha. Keishla se mantuvo firme y fue cerrando los dedos hasta agarrar la flecha.

No hubo explosión. La energía no desapareció. La había creado.

—¡Impresionante, lo lograste! —Zenrot saltó de la roca para felicitarla.

Keishla esbozó una débil sonrisa, aunque en su interior estaba emocionada. No quería mostrar sus sentimientos delante de Zenrot. Keishla recuperó su semblante frío.

—¿Dónde quieres que dispare? —preguntó.

Zenrot miró a su alrededor para encontrar algún objetivo adecuado. Encontró unas rocas en el suelo de unos veinte centímetros de largo, y cogió seis de ellas. Le indicó a Keishla que disparara cuando él las lanzara al aire. Zenrot lanzó una, a unos cien metros de distancia. Keishla levantó inmediatamente el arco, formó una flecha de energía y disparó. Voló la roca con un impacto directo.

—Buena puntería. Probemos con otra. —Zenrot lanzó otra roca más lejos, a unos quinientos metros. Keishla retuvo una flecha de energía en el arco cuchillo, se concentró en la roca antes de que llegara al suelo. Unos segundos después hizo el disparo. Otro impacto directo.

—¡Bien!

—¡Uff! Tira más piedras, pero al mismo tiempo.

—Muy bien. Esta vez las lanzaré alto. ¿Crees que puedes verlas a través de las hojas?

—Pruébame.

Keishla se sentía con confianza y Zenrot sonrió al lanzar las últimas cuatro rocas hacia el cielo. Keishla apuntó y utilizó sus dagas telequinéticas para cortar la mayoría de las hojas y ramas que se interponían en su camino. Tenía un ojo cerrado y con el que mantenía abierto trataba de divisar las rocas. Después de algunos segundos, captó el movimiento de las rocas y disparó varias veces, destruyendo cada una de ellas. Los impactos sonaron como fuegos artificiales.

Los registros de Art Gun no eran erróneos, Keishla era buena disparando a larga distancia. Zenrot le preguntó si podía usar su telequinesis con el arco cuchillo, pero Keishla le dijo que ya lo había probado. Le explicó que le parecía demasiado pesado y recordó a Zenrot que solo podía levantar objetos muy ligeros con su telequinesis.

—Déjame adivinar, ¿querías ver si podía controlar el arco y disparar mientras lo movía por el aire?

—Sinceramente, eso estaría muy bien. —Zenrot devolvió el revólver a su funda. Estiró lentamente el brazo herido, moviéndolo en distintas direcciones para regular el dolor—. Mañana deberíamos entrenar un poco para entrar en calor y luego nos dirigiremos hacia Art Gun para buscar respuestas.

—¿Estás seguro de esto? —preguntó Keishla con una ceja levantada—. Sabes que intentarán matarnos.

—Tal vez, pero recuerda, luchamos contra un ejército de robots y experimentos extraños. Esto no será diferente.

—Excepto que vamos a matar a mucha gente en la que solíamos confiar. —Zenrot se estremeció cuando Keishla lo dijo en voz alta. La gente en la que solía confiar... Ryan.

También habría civiles a los que Zenrot y Keishla habían rescatado de distintas ciudades cuando empezó el MSF. Muchas vidas estarían en juego. Una vez que llegaran a la base de Art Gun, Arashi y sus hombres no querrían charlar sobre sus acciones: Zenrot y Keishla tendrían que pelear hasta la muerte. A Zenrot no le gustaba la idea de atacar la base o acabar con la vida de personas que se suponía que defendían la causa mutante. Quizá no todos los miembros de Art Gun eran tan buenos como se describían a sí mismos. En el fondo, Zenrot también sabía que no todo el mundo era malo. Keishla, sin embargo, pensaba de otra manera. Zenrot sabía lo que ella quería, lo adivinaba en su mirada: venganza.

—Entonces —dijo Keishla—, ¿vamos a patear algunos traseros?

—Nos dirigiremos a Art Gun y exigiremos respuestas —respondió Zenrot—, pero con una condición —ordenó. Keishla se preguntó qué pediría—. No mataremos a ningún civil. —Zenrot se dio cuenta de que a ella no le gustaba el rumbo que estaba tomando su propuesta—. A pesar de lo que Art Gun acaba de hacernos, nuestro dilema es solo con Art Gun, con nadie más.

Me resulta despreciable que tengamos que matar soldados, aunque no tenemos otra opción. Sin embargo, matar gente inocente está fuera de discusión.

—¿Incluso si siguen a Art Gun? —preguntó Keishla—. Es solo cuestión de tiempo para que se vuelvan contra nosotros. Recuerda que a la mayoría de la gente no le gustan los mutantes. Algunos humanos ayudarán gustosamente a Art Gun aunque sean los malos, solo para asesinarnos.

—Quizá tengas razón —admitió Zenrot—, pero no estamos haciendo esto por venganza. Lo hacemos porque es lo correcto. —Zenrot extendió el brazo hacia Keishla para darle la mano—. ¿Tenemos un trato? —Ella se limitó a mirarlo. Parecía que lo estaba pensando porque no le convencían las condiciones de Zenrot. Lo miró directamente a los ojos.

—Te ayudaré contra Art Gun. Después de terminar nuestra misión, nos separaremos. Tienes buenas intenciones, Dark Boy, pero las buenas intenciones traen consecuencias. Prefiero estar sola. Sin amigos. Sin familia. Sin distracciones. Es la única manera que la gente como nosotros tiene para sobrevivir en este mundo maldito.

Zenrot resopló, mirando fijamente a Keishla.

—Sinceramente, me cuesta creerlo. —Sonrió alegremente—. Si eso es lo que quieres, me parece bien.

Keishla se burló. Le sorprendía que Zenrot pudiera estar tan lleno de esperanza y tan motivado a hacer lo que consideraba correcto. Al observar la mano de Zenrot, Keishla jugó con sus dedos e intentó decidir si la mejor opción era aceptar el trato. Después de pensarlo, rápidamente, le estrechó la mano.

—¡Muy bien! Parece que estamos listos. —Zenrot, satisfecho, tiró del brazo de Keishla y, con la otra mano, la empujó a la cascada. Al volver a la superficie, miró furiosa a Zenrot.

—¿Por qué coño hiciste eso?

—Necesitabas una ducha porque apestas. —Zenrot rio—. También porque el karma es una perra. —Le guiñó un ojo y ella se quitó las finas cuchillas del pelo y las lanzó hacia Zenrot. Él las esquivó moviendo el cuerpo hacia un lado y balanceando una pierna hacia atrás—. Has fallado... ¡Ay! —Los cuchillos hicieron cada uno un pequeño corte en el brazo antes de volver a Keishla flotando despreocupadamente.

—La próxima vez será tu cabeza. —Keishla nadó hasta el borde, salió del agua y puso el arco cuchillo en el suelo—. Vete de aquí, ¿quieres? —Estaba molesta—. Voy a secar esta ropa, además de tomarme un tiempo en la cascada mientras espero.

—¿Y qué se supone que debo hacer? —Zenrot se tocó la camisa y luego los pantalones—. Mi ropa está un poco empapada.

—Problema tuyo. —Keishla se sentó en el suelo para quitarse las botas y los calcetines—. Vuelve a la cueva y quítate la ropa allí. Deja que se sequen fuera si es necesario. No te atrevas a volver a la cascada a menos que yo haya vuelto a la cueva. —Keishla se quitó la camisa. Solo un sujetador oscuro le cubría el torso y Zenrot se fijó en la multitud de cortes y moretones que tenía en la piel. Algunos eran recientes, otros eran de mucho tiempo atrás—. ¿Entendiste? —le preguntó.

—Sí, entendido —respondió. Keishla se levantó, se desabrochó el cinturón y procedió a quitarse los pantalones militares.

—Pregunta... ¿Cómo puedo estar seguro de que no me vas a vigilar cuando me saque la ropa? —inquirió Zenrot intentando bromear.

Keishla, sin embargo, dejó de bajarse los pantalones y lanzó a Zenrot la más mortífera de las miradas. Ella no estaba de humor para bromas.

—Bien, chiste malo. Me voy.

***

Habían pasado unas tres horas. Zenrot estaba fuera, cerca de la cueva en la que él y Keishla se alojaban. Su ropa estaba cerca de una roca, secándose a la luz del sol. Mientras esperaba, Zenrot practicaba ir de un punto a otro, utilizando sus reservas internas de energía en los pies para mejorar su ritmo. Se dio cuenta de que Keishla corría a máxima velocidad cuando usaba energía en los pies. Sin embargo, Zenrot experimentaba todo lo contrario. Parecía que sus piernas se hundían en el suelo. Había logrado correr más rápido que una persona normal, pero nada similar a Keishla. Incluso en Art Gun, cuando escaparon por la noche de la base, Keishla les llevaba mucha ventaja. Zenrot lo intentó una vez más. Dio un mal paso y se cayó, con lentitud volvió a ponerse de pie.

—¿Qué haces? —preguntó Keishla mientras se acercaba con su uniforme.

—Practico mi velocidad. Necesito correr más rápido si quiero seguir el ritmo de los soldados.

—Te diré dos cosas. La primera, no conviene gastar la energía en los pies antes de correr. Dos —Keishla agarró la mano de Zenrot para ayudarlo a levantarse—, ¿podrías entrenar con la ropa puesta, por favor?

—¡Oh! Lo siento. —Zenrot trotó para recoger su ropa. Se puso el uniforme y las botas y, cuando estuvo listo, Keishla le explicó cómo controlaba la energía de sus pies. Dijo que solo la utilizaba cuando esprintaba. Más concretamente, utilizaba su energía después de haber corrido con regularidad para acelerar. La hacía sentir como si corriera en el aire. Sin embargo, también le advirtió que solo utilizaba una pequeña cantidad de energía. Si usaba demasiada, se quedaba pegada al suelo, como le había ocurrido a Zenrot mientras practicaba por su cuenta.

Keishla corrió alrededor de Zenrot y le indicó que se concentrara en sus pies. Cuando corría lentamente no gastaba energía. Al acelerar, Zenrot se dio cuenta de que la energía de Keishla era ligeramente visible y que ella corría cada vez más mantenía la misma cantidad de energía en sus pies, a pesar del aumento de velocidad. Luego, se detuvo.

—Ahora inténtalo tú. —dijo Keishla.

Zenrot empezó a correr y medida que aumentaba su velocidad, liberaba energía. Se sentía más ligero mientras corría.

—Le estás cogiendo el truco muy rápido. —lo felicitó Keishla. Zenrot, orgulloso, intentó detenerse y cayó al suelo.

—¡Ay! —Zenrot gritó—. Sentí como si me detuviera en arenas movedizas.

—Te acostumbrarás —dijo Keishla mientras caminaba hacia la cueva—. Vamos a descansar un poco. Mañana debemos dirigirnos a Art Gun. Probablemente nos llevará varios días de caminata.

***

A la mañana siguiente, Zenrot y Keishla estaban en la cueva recogiendo sus pertenencias y preparándose para ir a Art Gun.

—Espera —le indicó justo antes de salir, y sacó las hombreras que aún llevaba en la mochila. Le dio una a Zenrot—. Nos enfrentaremos a innumerables enemigos cuando lleguemos a Art Gun. Si estas cosas sirven para protegernos, deberíamos probarlas. —Zenrot miró el dispositivo; no estaba convencido de que fuera seguro usarlo.

Keishla leyó las instrucciones: «Clava la aguja en tu hombro derecho para obtener una armadura completa. Asegúrate de no llevar equipo ni objetos cuando la uses».

—¿Tú qué crees? —dijo Keishla con inseguridad, y lo miró con las cejas levantadas.

Zenrot guardó su espada y su pistola, y se aseguró de no llevar artilugios encima.

—Solo hay una forma de averiguarlo.

Zenrot abrió la hombrera, sacó la aguja y se pinchó en el hombro derecho. El aparato se encendió, parpadeó y emitió una luz roja que hizo que las venas del cuerpo de Zenrot se hicieran más visibles. La pieza empezó a multiplicarse por su cuerpo y su cara, y Zenrot luchó contra el dolor que le provocaba. Las piezas se amoldaron a su tamaño. Cuando por fin terminó el proceso, Zenrot caminó hacia Keishla sintiéndose un poco más pesado. Se miró los brazos y las piernas: estaban cubiertos de una armadura negra de metal de carbono con pequeñas líneas rojas neón que la acentuaban. Zenrot intentó tocarse la cara, era como si llevara un casco.

—¿Qué tal me queda?

—¡Te ves asombroso! ¿Por qué hemos tardado tanto en usar esto? —Se quitó la mochila y bajó la espada y el arco cuchillo apresuradamente. Cogió su hombrera y se la puso. Era la misma armadura que Zenrot llevaba, pero los detalles neón de su traje eran violetas. Keishla tuvo un problema con el casco debido a el pelo acumulado dentro, pero rápidamente encontró la forma de quitárselo al hacer un pequeño agujero en la parte trasera del casco—. Bueno, la armadura funciona como cualquier armadura normal.

—Parece que se hicieron para soldados que necesitaban una cobertura rápida para su cuerpo —observó Zenrot mientras estiraba los brazos. Siguió moviéndose para sentir la comodidad y movilidad de la armadura—. Utilizaron un material estupendo.

—Pero es un coñazo llevarlo —escupió Keishla y volvió a ponerse el casco.

—Puede soportar muchos impactos, así que será suficiente. Tampoco debemos ponernos demasiado cómodos en el campo de batalla. —Zenrot se miró el hombro derecho y encontró un pequeño botón rojo. Lo pulsó con el dedo y la armadura se replegó en el la hombrera. Zenrot recuperó su espada y su pistola y se dirigió al exterior. Keishla hizo lo mismo con la hombrera y recogió sus cosas para seguir a Zenrot. Ambos se dejaron la hombrera puesta—. Seguiremos nuestro camino. Art Gun debe saber acerca de la armadura y de muchas otras cosas gracias al artefacto. Si ya intentaron matarnos, quién sabe qué más habrán planeado para después.

—Oh, sé que no tienen un plan para enfrentarse a nosotros.

Y con respecto a Freddy... voy a darle una lección cuando lo encontremos. —Keishla caminó junto a Zenrot—. Además, ahora estamos juntos en esto ¿no? —Le dio un golpecito en el brazo derecho.

—¿Eso significa que somos oficialmente amigos?

—Oh, Dark Boy —dijo Keishla. Lo golpeó apenas en la cabeza para burlarse de él y recibió un empujón—. En este momento, claro que somos amigos. Sin embargo, cuando seamos oficialmente amigos, de verdad, te llamaré por tu verdadero nombre. —Dio unos pasos hacia delante y miró hacia atrás por encima del hombro—. Pongámonos en marcha, tú vas delante.

—Muy bien. Vámonos. —Zenrot empezó a correr y Keishla lo siguió. Se dirigían a luchar contra Art Gun.

CAPÍTULO
ONCE

Tras correr a máxima velocidad por varios días y en ocasiones haciendo paradas de descanso, Zenrot y Keishla se encontraban a metros de la entrada de Art Gun, escondidos tras los árboles. Las defensas de Art Gun habían aumentado desde que consiguieron el dispositivo electrónico de Astred. En la base podían verse robots iguales a los Golem y a los Espartanos, salvo que estaban pintados de rojo y negro, los colores de Art Gun. Soldados con equipos más potentes y armas mejoradas custodiaban la entrada. Keishla buscó cualquier otra manera de ingresar, pero los muros del exterior de la base eran extremadamente altos, y estaban equipados con armas y sensores por si alguien intentaba escalar. Art Gun podría derribar a Zenrot y Keishla de un solo tiro si intentaban saltar el muro.

—Bueno... escalar no es una opción —dijo Keishla—. A menos que queramos explotar como palomitas de maíz. Supongo que les haríamos una fiesta de bienvenida en la entrada. —Se volvió hacia Zenrot y le preguntó con confianza—: ¿Estás listo?

—Él no respondió de inmediato y ella se dio cuenta de que estaba desanimado—. ¿Qué pasa, Dark Boy?

Zenrot respiraba agitadamente, sentía dudas sobre casi todo.

—Sé que es el peor momento... pero no puedo dejar de preguntarme si el comandante Ryan estuvo involucrado en todo esto. Después de lo que hizo por mí, no puedo imaginar que me traicionara así. Él me hizo quien soy hoy y ya no sé qué creer.

Keishla sabía que no era fácil. Zenrot realmente se preocupaba por Ryan, al igual que lo había hecho por Astred. No quería bromear al respecto. En lugar de eso, se acercó a Zenrot y le tocó el hombro.

—No creo que lo hiciera. —Zenrot se iluminó y miró a Keishla—. Probablemente... lo obligó Arashi o algo así. La única forma de averiguarlo es darles una paliza a estos bastardos que una vez llamamos camaradas. —Keishla pulsó el botón de su hombrera y cubrió su cuerpo con la armadura—. Así que vamos a encontrar respuestas, ¿de acuerdo?

Una sonrisa se dibujó en el rostro de Zenrot. Nadie sabía con certeza qué podía haber pasado dentro de Art Gun, pero le alegraba oír que aún había esperanza. Pulsó el botón de su hombrera para que se desplegara.

—Claro que sí, lo haremos.

Zenrot y Keishla voltearon hacia la entrada de Art Gun. Ambos corrieron a gran velocidad hasta donde se encontraban los cuatro soldados y los cuatro robots que montaban guardia. Keishla se adelantó y mató a los soldados con sus dagas telequinéticas, mientras Zenrot disparaba a dos de los robots en la cabeza. Apuñaló al tercer robot con su espada, y luego la retiró para atravesar al último. En cuanto eliminaron las defensas de la entrada, sonó una alarma en toda la base de Art Gun.

—Bueno, hemos llamado su atención.

Zenrot comprobó si sus comunicadores seguían funcionando e intentó ponerse en contacto con Arashi.

—Buenas noches. ¿Está disponible el General Arashi?

—¿Qué demonios está pasando? —respondió alguien, probablemente uno de los guardaespaldas de Arashi—. ¿Quién es?

—Creo que sabes quién es. Vamos por ti, Arashi, y queremos respuestas.

—¡No! Eso es imposible... —Se escuchó otra voz, la voz de un hombre frustrado al escuchar a Zenrot: Arashi—. ¡Se supone que estás muerto!

—Bueno, tu soldado Frederick Crossvelt no hizo el trabajo. Será mejor que estés listo. Zenrot fuera.

—Hijo de... —Zenrot cortó la llamada y cambió la frecuencia para hablar solo entre él y Keishla. Tras el mensaje de Zenrot, Arashi envió innumerables tropas. Cada edificio estaba cubierto de soldados de combate cuerpo a cuerpo y a distancia apuntando a la entrada principal. Los soldados empezaron a disparar a Zenrot y Keishla, pero las balas no hacían ningún daño gracias a la armadura con blindaje. Corrieron esquivando los disparos hacia los soldados más cercanos, quienes se separaron para correr. Zenrot se abrió paso entre los soldados por un lado mientras Keishla hacía lo mismo por el otro.

Zenrot se comunicó con Keishla por la radio.

—Será mejor si nos dividimos, tú toma el lado izquierdo

de la base, yo tomaré el derecho. Despeja el camino y nos reuniremos en La parrilla de Art. —Zenrot se adelantó y vio soldados con lanzacohetes disparando. Mientras corría a gran velocidad, Zenrot esquivó las balas y los explosivos, y blandió su espada. Atacó a los soldados más cercanos, cortándolos por la mitad de un solo golpe. Disparó a los enemigos distantes con su revólver, y los traspasó con un rayo de energía.

Zenrot sintió que sus pensamientos se desconectaban de su cuerpo al darse cuenta de que estaba asesinando a personas reales, lo que no había querido hacer. Un soldado aprovechó la oportunidad mientras Zenrot estaba quieto y le disparó en la mano con un rifle. Él dejó caer la espada debido al dolor. Por suerte, la armadura era lo bastante fuerte como para evitar que la bala penetrara profundamente. Con la otra mano, Zenrot apuntó y disparó al soldado con un rayo de alta energía, haciéndolo volar en pedazos. Cuando se recompuso para seguir avanzando, Zenrot fue atropellado por un camión.

El impacto del vehículo lo tiró al suelo, rodó rápidamente, pero enseguida se recuperó lo suficiente como para pararse. Oyó que más vehículos se acercaban y a sus espaldas dos camiones más llegaron. De ellos bajaron soldados que lo apuntaban con fusiles.

—¡No tienes escapatoria, Zenrot! —gritó un soldado—. ¡Estás rodeado!

—¡Tenemos tu espada! —gritó otro soldado. Los soldados se acercaron lentamente. Cuando uno de ellos se aproximó, Zenrot soltó una risita.

—Parece que no puedes hacer una mierda sin un arma en tus manos.

Zenrot enfundó su revólver, estiró los nudillos y se dio la vuelta lentamente.

—Estás muy equivocado —respondió Zenrot enfadado. Saltó sobre el soldado que había hablado y le dio un solo puñetazo en el abdomen. Utilizó al soldado bocazas como escudo humano mientras giraba en círculo y disparaba el rifle. Mató a todos los soldados que había en el camino salvo a uno, que tiró al suelo. Le golpeó repetidamente la cara con la culata del rifle hasta aplastarle la cabeza. Zenrot corrió a coger su espada y siguió su camino.

Al otro lado de la base, Keishla se abalanzó sobre un grupo de soldados. Todos empezaron a dispararle, pero ella bloqueó cada bala entrante con sus dagas telequinéticas y los cortó en pedazos con su espada. Brazos, piernas y cabezas flotaban en el aire detrás de ella mientras se abría paso entre el grupo. Keishla devolvió la espada a su vaina y vio un brillo titilando a lo lejos. Soldados francotiradores. Keishla se movía demasiado rápido para que pudieran seguirla. Corrió hacia ellos, saltó y subió al edificio. Eliminó a todos los francotiradores apuñalándolos en la cabeza.

Mientras las armas volvían flotando a la mochila de Keishla, alguien gritó:

—¡Está en la torre! ¡Fuego!

Keishla miró hacia abajo mientras huía del edificio y vio a soldados con RPG-7. Todos dispararon al mismo tiempo. Keishla se detuvo y se dejó caer. Los cohetes del RPG pasaron a su lado mientras caía y destrozaron la parte superior del edificio. Aterrizó, y avanzó el resto del camino cuesta abajo. Por encima de ella la construcción se derrumbaba lentamente.

Keishla saltó hasta donde se encontraban los soldados y liberó sus dagas al descender. El enjambre de cuchillas cortó el cuello de todos los soldados. Utilizó su telequinesis para recuperarlas y guardarlas. Keishla vio un nuevo ejército formándose a lo lejos. Estaban divididos en dos escuadrones, uno iba a por Zenrot y el otro se movía en su dirección.

—¿Ves eso? —se comunicó con Zenrot, manteniendo la voz baja.

—Los veo. El plan sigue siendo el mismo, eliminar a todos en tu camino. —Sonaba tan serio que la sorprendió. Keishla desenvainó su daga principal, la dividió en dos y sostuvo una en cada mano. El resto de sus dagas flotaban a su alrededor.

El ejército se acercaba, incluidos los Espartanos. Al parecer habían recibido una personalización especial de Art Gun. Estaban hechos de un metal más resistente, y en una mano tenían una lanza. Cuando la golpeaban contra el suelo salía un arco eléctrico de alto voltaje. En la otra mano tenían un escudo de hierro grueso que podía soportar impactos más fuertes que antes.

—Por fin, un verdadero reto. —Keishla, emocionada, corrió hacia los Espartanos y atacó al primero, pero fue empujada hacia atrás por el escudo y quedó electrificada. Rebotó contra el suelo, lejos de los espartanos y se levantó rápidamente.

—¡Ahora sí que estoy enfadada! —dijo.

—¿Estás bien? —preguntó Zenrot por radio.

—¡Oh, nunca estuve mejor! —Keishla dirigió todas sus dagas hacia un Espartano. Mientras este se defendía, Keishla se acercó por detrás y, con su arco cuchillo, le atravesó la cabeza. Pivotó y atacó al resto.

Zenrot disparó al Espartano a su lado. Los Espartanos se reunieron para bloquear cada uno de los disparos con sus escudos. Desenvainaron las lanzas, cargándolas de electricidad y dispararon contra Zenrot, quien esquivó y saltó hacia atrás. Sin embargo, los cinco Espartanos corrieron en línea recta hacia él. Zenrot disparó una enorme ráfaga de energía oscura con su revólver para acabar con ellos. Los Espartanos bloquearon la bala de energía y la devolvieron instantáneamente a Zenrot que saltó a un lado para evadirla.

Zenrot comunicó a Keishla:

—Parece que Art Gun ha estado ocupado con la información que obtuvieron del dispositivo de Astred. Mantente alerta ante ataques inesperados; quién sabe qué otras mejoras les hicieron a estos Espartanos, o a cualquier otra amenaza. —Zenrot saltó muy alto, cargó su revólver y cayó entre los Espartanos. Disparó y los hizo volar por los aires.

Keishla cogió su arco cuchillo y echó a correr mientras disparaba flechas de energía a cada uno de los Espartanos. Les acertó directamente en la cabeza y los robots cayeron al suelo. Sin embargo, incluso incapacitado, uno de ellos liberó una onda expansiva. Keishla, realmente sorprendida, reaccionó con rapidez y se alejó.

—Oh, se han actualizado bien —dijo Zenrot a través de la radio—. Por suerte, tenemos nuestra armadura. Supongo que nos esperan mejores artilugios, así que debemos estar atentos.

—De acuerdo, esto se pondrá pesado. Arashi debe estar cagándose encima.

Zenrot y Keishla entraron en la misma zona. Habían

conseguido reunirse una vez más. Ambos oyeron un ruido extraño y miraron hacia una sola dirección. Lejos aún, pero dirgiéndose a su ubicación, se divisaban cientos de Trepadores, como los había identificado Keishla.

—Bueno, ahora vienen más.

—Creía que eran malas creaciones… de ya sabes qué —dijo Keishla, evitando pronunciar el nombre real.

—Apuesto a que guardaron a estos Trepadores en caso de que necesitaran crear su propio prototipo para el campo de batalla. —Los Trepadores se acercaban y soldados de diferentes rangos esperaban órdenes. Había muchos enemigos de los que ocuparse.

Zenrot miró a su alrededor y a los cadáveres de enemigos que había matado por el camino. Espetó:

—Tengo un plan, asegúrate de que nadie se me acerque. —Corrió hacia uno de los cadáveres. Cogió un RPG-7 del suelo y buscó un edificio alto. Al divisar uno cerca que se ajustaba a lo que necesitaba, decidió acercarse y empezar a trepar hasta la cima. Keishla, confundida, no entendía lo que Zenrot intentaba hacer—. A mi señal. —La voz de Zenrot crepitó a través del comunicador—. Aléjate del ejército tan rápido como puedas.

Keishla vio a Zenrot con el RPG-7 en lo alto del edificio e instantáneamente entendió cuál era el plan. Zenrot apuntó al ejército y empezó a cargar su revólver con energía. Los Trepadores se arrastraron desesperadamente hacia su ubicación.

Keishla se adelantó.

—¡Muy bien, bailemos un poco! —Se abalanzó sobre la masa de Trepadores con el arco cuchillo y las dagas flotando en el aire. Hizo todo lo que pudo para luchar contra los Trepadores a distancia, los cortó en pedazos y les disparó flechas de energía para acabar con ellos. Sin embargo, mientras Keishla los cortaba, algunos dejaban un líquido ácido en el suelo que incluso lo derretía. Otras partes desprendidas del cuerpo de los Trepadores formaban múltiples mini Trepadores que se arrastraban hasta Keishla y saltaban sobre ella. Tenían afilados dientes metálicos en la cara y carcomían repetidamente su armadura, la cual deshacían poco a poco con sus mordiscos.

Con su daga más pequeña, trató de cortarlos antes de que derritieran por completo la armadura.

—¿Por qué tardas tanto? —gritó Keishla a Zenrot, enfadada y desesperada—. ¡Estos Trepadores son un problema para nuestros trajes! Será mejor que te des prisa con el plan.

Zenrot respondió, agotado:

—Ya casi estoy, solo falta un poco. —Respiraba con dificultad mientras cargaba el revólver.

Los soldados se dieron cuenta de que solo uno de los mutantes luchaba contra los Trepadores. Miraron a su alrededor para encontrar a Zenrot y, al cabo de un minuto, uno de los soldados se dio cuenta de que estaba en lo alto del edificio.

—¡Arriba! —gritó el soldado asustado—. Y está cargando un arma. Todos, ¡apunten a Zenrot ahora mismo! —Los soldados apuntaron y empezaron a disparar a lo alto del edificio.

—¡Oh, no, chicos! —Keishla gritó furiosa. Quitó a la mayoría de los mini Trepadores de su armadura y corrió a través de la horda hacia Zenrot. Keishla usó sus dagas telequinéticas para parar las balas que se dirigían hacia él. Luego, con el arco cuchillo, empezó a lanzar flechas de energía hacia atrás, alcanzando a varios soldados para mantenerlos distraídos.

Escalando las paredes, Keishla llegó rápidamente a la cima junto a Zenrot.

—¿Qué ocurre? ¿Es la bala de energía demasiado para ti? Date prisa. —Keishla bajó de un salto, sin dejar de parar las balas que iban hacia Zenrot.

Llegó al suelo y se precipitó en medio del ejército. Acuchilló uno a uno a los soldados con el arco cuchillo. Pocos tenían agallas para entrar en combate contra Keishla. Clavó el arco en el suelo y luchó cuerpo a cuerpo. Los apartó de su camino y con sus dagas bloqueó las balas entrantes, aunque algunas consiguieron alcanzar su armadura. Mientras luchaba, se dio cuenta de que se acercaban más soldados y Trepadores.

—Son muchos. No podré aguantar mucho más. ¿Estás listo? —le gritó Keishla a Zenrot por la radio.

—¡Sí! ¡Fuera de mi camino! —exclamó Zenrot.

Keishla avanzó increíblemente rápido, como un guepardo, y se alejó del ejército. Zenrot disparó el RPG. Mientras el cohete se precipitaba hacia abajo, Zenrot tomó con agilidad su revólver y apuntó al proyectil del RPG.

—Esto va a ser un desastre...

Zenrot disparó y la bala de energía en curso se dirigió hacia el cohete antes de que pudiera tocar el suelo. Cuando la energía chocó contra el explosivo, un enorme estallido impactó toda la sección. La energía amplificada de Zenrot expandió la explosión y vaporizó a los Trepadores y soldados; incluso los edificios cercanos empezaron a caerse.

Keishla continuó alejándose, podía sentir la intensidad de la detonación. Al encontrar cobertura, miró hacia donde se encontraba Zenrot. Ya no estaba en el tejado. Al cabo de un momento, lo vio a ras del suelo, desplazándose lentamente. Zenrot levantó la mano y mostró el pulgar. Era una señal para que Keishla siguiera avanzando. No estaban lejos de La parrilla de Art.

Keishla fue la primera en acercarse. Observó que las ventanas estaban rotas, las sillas volteadas y las mesas agrietadas. Supuso que la explosión de Zenrot había sido la responsable. Keishla entró y encontró dos sillas una al lado de la otra, cerca del mueble que ahora solo albergaba platos rotos, tazas y similares. Unos segundos después llegó Zenrot, que se sentó con pesadez junto a Keishla. Ambos respiraron profundamente y se tomaron un momento para descansar.

—¿Soy yo —jadeó Keishla —o no hay ni un solo civil dentro de la base?

Zenrot no lo había notado, pero se dio cuenta de que Keishla tenía razón. No habían visto a ningún civil desde que entraron en Art Gun.

—Probablemente sabían que habíamos sobrevivido y pidieron un plan de evacuación —sugirió Zenrot.

—No tiene sentido, Freddy trató de matarnos. Pensó que habíamos muerto en Rasenof, así que es absurdo ordenar la evacuación si creían que habíamos muerto.

—Como dije antes —Zenrot se quitó el casco y agregó—, creo que Freddy nos dejó vivir. La pregunta es... ¿por qué tanto problema? —Se giró para mirar a Keishla—. ¿Por qué fingir nuestras muertes y luego informar a Arashi que hemos vuelto de entre los muertos? Eso es lo que no tiene sentido para mí.

Keishla también se quitó el casco para respirar mejor.

—¿Qué crees que sucedió?

—No lo sé... —Zenrot admitió—. Me pregunto... ¿a dónde evacuaron a los civiles?

A Keishla no se le ocurrió nada. Simplemente estiró los brazos y se levantó de la silla.

—Bueno, hemos eliminado a la mayoría de nuestros enemigos. Ha sido bastante fácil, la verdad. —Sonaba confiada. Zenrot miró su armadura, focalizando en las partes derretidas por culpa de los Trepadores.

—Por ahora —aceptó Zenrot con un dejo de sarcasmo—. Estoy muy seguro de que hay más cosas esperándonos.

Keishla se rio.

—¿Por qué tienes que arruinar la diversión? Hemos entrado, estamos a medio camino del edificio de Arashi. Somos más fuertes que nunca, ¡no tendrán ninguna oportunidad!

Un áspero ruido de estática proveniente de sus comunicadores los sobresaltó.

—¿Se divierten, chicos? —Zenrot se levantó inmediatamente. Esa voz... Era la voz de un hombre, segura y chulesca, que hacía días que no oían.

—¡Frederick! —Zenrot gritó furioso—. ¿Cómo demonios entraste en nuestra comunicación?

—Usamos el mismo aparato, idiota. Además, la frecuencia que usas es un poco obvia.

—¡Escucha, hijo de puta! —Keishla interfirió—. ¡Si alguna vez nos volvemos a ver, tu cabeza es mía!

—¿Por qué traicionarnos? ¿Por qué intentaste matarnos? —Zenrot le preguntó a Freddy.

—Tendrás tu respuesta con el tiempo. Pero, por ahora, concéntrate en Arashi. Luego hablaremos. Cambio y fuera.

Poco después de que Freddy colgara, se escuchó una voz en la emisión de emergencia, la cual todos en Art Gun podían oír.

—¡Zenrot Bellator y Keishla Monulen! ¡Bien hecho por llegar tan lejos! —Era Arashi quien hablaba—. Debo admitir que ambos se han vuelto más fuertes. No creía que tuvieran tanta energía y coraje. —Zenrot y Keishla volvieron a ponerse los cascos y salieron del restaurante, en guardia ante cualquier amenaza. Arashi continuó hablando—. Por desgracia, esto es lo que me temía. Ahora debo tomar medidas severas contra traidores como ustedes. Igual que hice con el comandante Ryan.

Keishla dirigió su atención hacia Zenrot. Apretó los puños, sabía que Zenrot se sentía enfadado y devastado.

—Escucha, Dark Boy. —Keishla trató de aconsejar a Zenrot—. Sé que es difícil, pero mantén la concentración. Te necesito alerta ahora mismo. Arashi quiere que nos desesperemos y bajemos la guardia. Acabaremos con él y con los que le siguen para siempre.

—Acaba de llamarnos traidores... y dijo que consideraba a Ryan un traidor... ¿y para qué? —Miró a Keishla, desesperado y confuso.

—No lo sé... —dijo Keishla en voz baja e insegura de sí misma—. No sé por qué Arashi intentó matarnos.

—Ahora quiero acabar con esto... —Zenrot sacó su espada—. ¡Necesito respuestas!

—Los atraparemos. —Keishla sacó su arco cuchillo—. Solo por favor mantén el enfoque.

—Mientras ustedes estaban ocupados —continuó Arashi—, nosotros hemos estado trabajando en un nuevo proyecto para hacer frente a los terroristas mutantes. Con esto podrán ver lo fuertes que son contra ustedes mismos. Saluden a nuestro nuevo prototipo. —Zenrot y Keishla vieron a alguien proveniente del edificio de Arashi volando hacia ellos—. Les presento al «ACC» (Artificial Clon Combate).

La figura aterrizó frente a ellos y agrietó el suelo con su peso. Era un robot gigante con un cuerpo humanoide, construido con piezas de metal. El rostro del robot estaba cubierto por una máscara metálica. Permanecía erguido y quieto como una roca, sin moverse.

—Quédate en guardia, probablemente sea un nuevo enemigo inventado a partir de la información que recuperamos —advirtió Zenrot.

—Bueno, no se ha movido en absoluto. Probablemente esté asustado. Quiero decir, somos dos contra uno.

—Como dijiste antes, no bajes la guardia —respondió Zenrot—. Además, mira a tu alrededor. No hay nadie más que esa cosa. Debe de ser muy poderosa.

—Iniciando programa de escaneo —dijo el ACC.

Zenrot y Keishla se pusieron inmediatamente en posición de defensa. De los ojos del robot salieron luces rojas que se movían rápidamente, apuntando y escaneando a Zenrot de arriba abajo. Inmediatamente escaneó también el cuerpo de Keishla.

—¡Eh, pervertido! ¿Te gusta lo que ves? Prepárate para la paliza de tu vida —gritó furiosa al robot.

—Escaneo completo. Iniciar frecuencia de batalla —anunció

el robot. El ACC estiró el brazo derecho y liberó un fragmento de energía. La energía se transformó, en su mano derecha, en una espada, mientras que en la izquierda formó un revólver. Imitó las armas de Zenrot. Alrededor del robot dagas de energía flotaban en el aire, iguales a las de Keishla.

Keishla miró a Zenrot con cara de póquer bajo el casco oscuro.

—Así que es nuestra propia figura de acción, ¿es nosotros por el precio de uno? —Incluso en tan tensa situación Keishla hablaba con sarcasmo.

—Eso podría explicar por qué querían desesperadamente la información de Sentry Run —teorizó Zenrot—. Querían crear sus propios robots mutantes para que obedecieran órdenes directas.

—No tiene sentido. Seguimos sus órdenes directas, siempre.

—Lo hicimos... pero quizá pensaron que podríamos rechazarlas, ya que tenemos libre albedrío. —Zenrot se adelantó, poniéndose la espada al hombro—. Solo quieren a alguien que no cuestione sus órdenes. Arashi siempre lo prefirió así.

—Maldito viejo. Siempre tuve mis dudas sobre el general. —Keishla, con confianza, se posicionó para pelear—. Bueno, esto debería ser divertido. Espero que estés preparado, Dark Boy. —Adelantó a Zenrot, soltó sus dagas y tomó el arco cuchillo en sus manos. Sus dagas chocaron con las del ACC, y el robot blandió su espada. Keishla esquivó moviéndose hacia un lado. La espada pasó a centímetros de su cabeza y le cortó la punta de la coleta.

Keishla, situada detrás del ACC, habló rápidamente con Zenrot antes de seguir enfrentándose al robot.

—Bueno, una cosa es segura, sus armas clónicas son muy sorprendentes. Yo me mantendré cerca, tú cúbreme. —Se posicionó para luchar con su arco cuchillo. El ACC activó la energía de su arma y la convirtió en un escudo. Keishla atacó rápidamente, presionando al robot, pero el ACC se protegió con el escudo. Por desgracia, Keishla se dejó llevar. El robot pivotó y lanzó otro ataque con la espada; esta vez, uno que Keishla no pudo esquivar.

Zenrot, apresurado, se dirigió a ayudarla y saltó sobre el robot, apartándole el brazo de una patada. El ACC retrocedió y Zenrot luchó con la espada en una mano y el revólver en la otra, alternando golpes. Rompió a fuertes espadazos el escudo de energía y disparó rápidamente al pecho, a la pierna y al brazo del ACC mientras estaba descubierto.

Zenrot intentó eliminarlo con la espada, pero el ACC la atrapó con su mano desnuda. Zenrot disparó muchas veces, sin embargo, el robot, utilizando el escudo de energía para bloquear las balas entrantes. Levantó a Zenrot y lo lanzó hacia el cielo. El robot saltó para seguirlo. Zenrot se dio cuenta de que se acercaba e intercambiaron golpes hasta que el robot asestó un golpe directo a la cara de Zenrot, haciéndolo caer al suelo. Zenrot agradeció llevar casco.

El robot aterrizó y pisó al mutante. Zenrot gritó de dolor. El robot estaba a punto de romperle la cara con el puño, pero Keishla saltó sobre el ACC y, con la pierna, le dio una patada en el costado izquierdo de su cuerpo, empujándolo. Keishla lanzó una de sus dagas y se la clavó en el pecho. Se acercó a Zenrot, aprovechando que el robot se tambaleaba.

—¿Estás bien? —Se sentía desesperada y preocupada después de ver los monstruosos golpes que acababa de recibir Zenrot, así que lo ayudó a levantarse.

Zenrot se quitó el casco, escupió sangre por la boca y volvió a ponerse la armadura.

—Estoy bien, pero esta cosa copia cualquier arma y energía. Quién sabe qué más puede hacer.

—Nadie es original hoy en día —dijo sarcásticamente Keishla.

Sus armaduras estaban arañadas y hundidas e igualmente se lanzaron a luchar juntos. Zenrot saltó, disparó su revólver y dos balas de energía golpearon al ACC donde debería estar el corazón. Keishla atacó la misma zona con su arco cuchillo, provocando solo arañazos en el metal.

Las armas del robot desaparecieron, el ACC adoptó una posición defensiva y esperó a que se abriera una brecha en la defensa de los mutantes. Con precisión, el robot sujetó la cara de Keishla. La estampó contra el suelo, obligándola a soltar el arco cuchillo e incapacitándola para controlar telequinéticamente sus dagas. El robot intentaba aplastarle la cabeza con sus propias manos.

—¡Keishla! —Zenrot corrió hacia el ACC y disparó una andanada de balas de energía con su revólver. Las dagas del robot aparecieron y repelieron los disparos. Zenrot saltó y, con su espada, intentó atacar. Sin embargo, el robot se deslizó y arrastró a Keishla por el suelo. El ACC esperaba el momento perfecto.

El robot giró y, con el brazo libre, tomó a Zenrot por el cuello. Lo estranguló con tanta fuerza que Zenrot dejó caer sus armas.

El robot los retuvo y luego decidió eliminar primero a Keishla. Aumentó la presión sobre ella, torturándola y aplastándole el casco poco a poco.

Zenrot forcejeó y golpeó la mano del robot para zafarse, pero el robot no recibió daño. Al oír el crujido del casco, Keishla sacó la espada de la cintura e intentó apuñalar el brazo del robot, sin embargo, no podía ver con claridad. La espada rebotó, el hierro era fuerte. Keishla, sin fuerzas, lanzó la espada al aire, esperando que Zenrot pudiera hacer algo con ella. Sus ojos se cerraron, estaba a punto de desmayarse por completo.

Sufriendo por el ahorcamiento, Zenrot vio la espada. Esperó tenerla a su alcance y la cogió. Concentró su energía en la hoja y, con toda su fuerza disponible, atravesó el brazo del robot. Zenrot cayó al suelo y, desesperado por distanciarse de la máquina, le asestó inmediatamente un potente puñetazo en la cara. El golpe fue suficiente para derribar el ACC y liberar a Keishla. Su casco estaba hundido y arrugado, y Zenrot entró en pánico. La levantó, puso el brazo de Keishla en su espalda y luego le arrancó el casco para descartarlo. No sabía si seguía consciente o, peor aún, viva.

—¡Keishla! ¿Estás bien? —gritó Zenrot mientras la zarandeaba.

Keishla abrió los ojos y lo miró, luchaba para poder hablar.

—¿Tengo buen aspecto? Casi me aplastan. —En la voz se le notaba el dolor.

Zenrot rio auténticamente aliviado, a pesar de la gravedad de la situación.

—Me alegro de que tu actitud siga intacta. —La ayudó a estabilizarse y ambos miraron al ACC, que se mantenía en pie con un brazo menos. Zenrot y Keishla estaban agotados de luchar.

Keishla miró frustrada a Zenrot.

—¡Nos está superando! A este paso el monstruo metálico nos matará si no hacemos algo rápido. ¿Alguna idea?

Zenrot miró al robot, tratando de encontrar un punto débil para derribarlo. En donde había estado el brazo del robot, algo azul resplandeciente sobresalía.

—¡Parece que tiene un núcleo de energía en el interior que lo mantiene en funcionamiento! —gritó Zenrot—. Si lo destruimos, ¡podríamos ganar de verdad!

—¿Cómo demonios vamos a acercarnos a eso? —respondió Keishla con frustración, señalando al robot—. Luchamos juntos contra él y casi nos mata.

Zenrot pensó en una forma de vencerlo y se le ocurrió un plan.

—Toma mi revólver, espera mi señal. —Le lanzó el arma y corrió hacia el ACC, solo.

—¿Qué demonios? —exclamó Keishla, confundida.

—¡Sólo sígueme la corriente!

El robot creó una espada con su energía y bloqueó el ataque de Zenrot. Las hojas chocaban, el ACC peleaba usando una sola mano y reaccionaba con gran rapidez. El robot utilizó las dagas de energía para lanzárselas a Zenrot y apuñalarlo. Zenrot esquivó las dagas saltando, se puso la espada en la espalda y cayó cerca del robot para luchar cuerpo a cuerpo. El robot blandió su espada, Zenrot se deslizó sobre sus rodillas, inclinándose para evadir el golpe que le pasó justo por delante de la cara.

Zenrot propinó un rápido uppercut al ACC justo entre las piernas y dobló el metal. Golpeó la única mano del robot para que no pudiera utilizar la espada, y luego le dio en el pecho repetidas veces. Lanzó una patada giratoria y golpeó con el talón al robot en la cara, tirándolo al suelo.

Zenrot saltó sobre el robot e intentó abrirle el pecho. Un aura de energía oscura se extendió en sus manos y empleó toda su fuerza para abrir, con dificultad, el metal que recubría al robot. Dobló la cubierta de hierro del interior y dejó al descubierto las partes electrónicas y el núcleo de energía. El ACC sorprendió a Zenrot con un puñetazo que lo derribó.

Zenrot se recuperó rápidamente y se abalanzó sobre el robot cuando aún se estaba levantando. Se puso detrás y lo sujetó fuertemente con los brazos, mirando a Keishla.

—¡Ahora es tu oportunidad, dispárale! —le gritó.

Keishla apuntó al núcleo de energía con el revólver de Zenrot, concentrándose para reventar directamente el núcleo. Sin embargo, algo la detenía.

—¿A qué esperas? ¡Dispara el arma! —exclamó Zenrot, luchando por sujetar al robot.

—¿Y tú? ¡Puedes explotar con él!

—¡Ahora no es el momento, dispara a esta cosa!

Keishla tenía miedo de disparar, sabía que Zenrot estaba detrás del robot y podía morir. El tiempo pasaba y el ACC comenzó a formar nuevas dagas con su energía. Zenrot tenía miedo de que el robot recuperara sus armas, sabía que tenía que hacer que Keishla disparara. Una idea de la cual podría arrepentirse más tarde se gestó en Zenrot.

—¡Keishla! Por una vez en tu vida, ¡deja de ser una zorra y acepta una orden! ¡Dispara, maldita sea!

—¿Qué acabas de decirme? ¡Estás muerto! —Keishla se salió de sus casillas. Encontró motivación en su ira, cargó el arma con toda la energía que pudo y disparó. Un rayo amarillo impactó directamente en el núcleo del robot, sobrecargándolo y haciéndolo estallar en pedazos. La explosión empujó a Zenrot, quien se estrelló contra una pared antes de caer al suelo. Keishla corrió directamente a ver cómo estaba, llegó hasta él y se arrodilló a su lado.

—Eh, idiota, ¿sigues vivo? —Zenrot se llevó la mano a la cara y se quitó el casco para respirar mejor.

—Estoy bien —contestó—. Ya era hora de que te pusieras a tiro. —Zenrot soltó una risita cuando Keishla se enfadó, le dio un puñetazo en el pecho y lo insultó. Aunque Zenrot hubiera tenido que ponerla nerviosa para que disparara, y eso casi le hubiera costado la vida, ella se alegraba de haber salido con vida. Keishla se recostó en el suelo, aliviada.

—Me alegro de que se haya acabado —dijo con calma.

Zenrot se levantó lentamente, recuperó su revólver y lo guardó en su funda. Miró hacia el edificio de Arashi.

—No te relajes todavía, lo peor está por llegar.

—Uh... ¿no puede terminar este día? —La calma de Keishla se convirtió en irritación.

Zenrot tomó la mano de Keishla para ayudarla a levantarse. Ella devolvió las dagas a su mochila, colocó la espada en la vaina y sujetó el arco cuchillo con una mano. Ambos caminaron hacia el edificio principal de Art Gun para enfrentarse inevitablemente contra Arashi. Mientras se acercaban, Zenrot le dio un codazo a Keishla y señaló a alguien que se interponía en su camino al edificio central. Al mirar de cerca reconocieron de quién se trataba.

—Frederick.

Freddy estaba de pie, con los brazos cruzados y la guadaña en la espalda. Zenrot tenía la mano en la culata de su revólver, listo para desenfundarlo si era necesario. Keishla mantenía los puños apretados, intentando evitar la confrontación y no darle una paliza a Freddy. Ambos miraban con una acalorada mezcla de cautela y rabia, y Freddy, al otro lado, parecía relajado. Confiado, sonreía de forma siniestra y, sorprendentemente, empezó a aplaudir.

—Vaya, vaya... Realmente han llegado hasta aquí. Estoy tan orgulloso de ustedes.

—¿Supongo que no nos dejarán pasar? —preguntó Zenrot rotundamente.

Keishla se enfurecía más y más al mirar a Freddy.

—¡Tenemos algunas preguntas para Arashi! Luego nos ocuparemos de ti. Apártate de nuestro camino... o te cortaré la cabeza y me la llevaré como trofeo cuando salgamos de aquí.

Freddy sacó con suavidad la guadaña de su espalda, y les apuntó.

—Por favor... ¿así tratan a un amigo? Además, siguen vivos porque quise. Sabía que se encargarían de cualquiera que se interpusiera en su camino.

Keishla jadeó, Zenrot tenía razón: Freddy los había dejado escapar en Rasenof.

—Sinceramente —continuó Freddy—, no esperaba que destruyeran la mitad de la base de Art Gun. Además... —Su sonrisa se desvaneció—. ¡Estaba esperando este momento! ¡El gran final! —gritó furioso.

—¿De qué demonios está hablando? —dijo Keishla, observando momentáneamente a Zenrot.

—No lo sé, pero creo que estamos a punto de averiguarlo.

CAPÍTULO
DOCE

No quedaba nadie en los alrededores de la base de Art Gun. Solo Zenrot, Keishla y Freddy estaban en el campo. Los tres estaban a punto de enfrentarse. Si Freddy vigilaba el edificio, Arashi debía estar escondido en su oficina.

—Frederick. —Zenrot oyó una voz procedente de un comunicador lejano. Freddy se tocó la oreja—. Mis escáneres indican que Zenrot y Keishla están delante de ti. Elimínalos inmediatamente.

—Cálmate, viejo. No pasarán. Dame unos minutos, ¿quieres? —dijo Freddy mientras se paseaba.

—¡Debemos eliminar la amenaza!

—Sí, sí... te he oído. —Freddy miró con una sonrisa burlona a Zenrot y Keishla—. Antes de que lleguemos al evento principal... —Terminó su charla con Arashi—. Estoy seguro de que tienen muchas preguntas. —Zenrot y Keishla, confundidos, se preguntaron si se trataba de un truco o si hablaba en serio—. Así que adelante, pregunten. ¿Qué quieren saber?

—¿Así sin más? —preguntó Zenrot con una ceja levantada.

—Es una recompensa por haber llegado hasta aquí, claro. Intenta ser rápido, tengo trabajo que hacer.

—¿Qué demonios tienes que hacer? —gritó Keishla. Zenrot le levantó la mano para que se calmara.

—¿Dónde están los civiles? —inquirió Zenrot. Freddy parecía sorprendido de que esa fuera su primera pregunta.

—La mayoría de la gente fue evacuada —respondió Freddy—. Después de nuestro incidente en Rasenof, Arashi quería trasladar la base. Claramente Sentry Run había sido finalmente derrotado. Eliminamos sus tropas en la mayoría de las ciudades, y su cuartel general ya no está operativo. Es seguro empezar a darles un hogar a los civiles.

—¿Entonces por qué siguen aquí? —preguntó Zenrot—. ¿Y por qué matarnos? Después de todo lo que hicimos por Art Gun y el pueblo. —Zenrot recordó lo que Arashi había dicho en la transmisión: él y Keishla eran considerados traidores.

—Estamos aquí para asegurarnos de que no quede rastro de que alguna vez existieron. —Freddy puso los ojos en blanco, como si los estuviera juzgando. Zenrot y Keishla se sintieron shockeados, insultados y furiosos—. Arashi los llama traidores como una excusa, ya que no murieron según su plan. —Freddy suspiró largamente—. El calvo quería formar un ejército de mutantes para demostrarle al mundo que humanos y mutantes pueden unirse y bla, bla, bla... te haces una idea. —Freddy habló con sorna—. Sin embargo, se asustó. Sus pensamientos se lo estaban comiendo vivo.

—¿Pensamientos sobre qué exactamente? —preguntó Zenrot.

—Sobre la posibilidad de que los mutantes traicionen a Art Gun.

—¿Qué quieres decir con eso? —Keishla intervino.

—Sencillo. Zenrot y tú se hicieron más fuertes, y es solo cuestión de tiempo para que sean lo suficientemente poderosos para acabar con una gran parte de la población; así como ocurrió según los rumores sobre el mutante que arrasó una ciudad entera, o el que mató a cientos de personas en el circo. La gente se alegra de que hayamos derrotado a Sentry Run, pero temen que los mutantes sean la única razón por la cual ganamos. —Freddy miró hacia el edificio de Arashi—. Hablaron con Arashi sobre su seguridad. ¿Cómo van a vivir tranquilos si un mutante puede volverse loco y hacer el mal? ¿Quién va a detenerlos? —Freddy se convirtió en humo para luego aparecer justo entre Zenrot y Keishla. Puso sus brazos sobre los hombros de ambos—. Seamos realistas. Desde que luchamos juntos, nadie ha tenido oportunidad alguna contra nosotros.

Keishla se liberó de su agarre e intentó golpear a Freddy, pero él volvió a convertirse en humo. Frente a Zenrot y Keishla volvió a su forma original.

—Entonces, Arashi se cuestionó la situación. Al principio no estaba contento con la idea, pero viendo cómo luchaba el FEM... quedó claro que la gente decía la verdad. Así que ideó un plan. Arashi quería obtener toda la información de Sentry Run, ya que su tecnología tan avanzada podía derrotar a un mutante, pero no quería que el FEM estuviera informado al respecto.

—Por eso nos enviaron solos a la misión... y denegaron nuestra petición de refuerzos... —Zenrot habló en voz baja.

Freddy chasqueó los dedos y señaló a Zenrot.

—Ya te das una idea.

—¡Sigue sin tener sentido! —gritó enfadado Zenrot—. Hicimos todo lo que Art Gun nos pidió, peleamos a su lado. ¿Por qué iban a pensar que iríamos contra ellos después de todo lo que hemos pasado?

Freddy levantó los brazos como si también se estuviera cuestionando la situación.

—Ni idea. Todo lo que sé es que Arashi quiere humanos sin habilidades especiales lo suficientemente fuertes como para luchar contra un mutante real, o incluso el doble de fuertes. —Freddy puso los ojos en blanco—. Además, según Arashi, era necesario eliminarte específicamente a ti, Zenrot, porque te estás encariñando demasiado con la gente, lo cual podría llevarnos por mal camino si te manipulan. —Freddy miró Keishla—. A ti... querían eliminarte porque eres una persona imprudente y les hiciste pasar un mal rato a las personas que trataron tus heridas en la clínica médica.

—¡Sabes que esos gilipollas me trataban fatal! —gritó Keishla con rabia—. En vez de curarme, me hacían más daño; me hicieron heridas a propósito ¡solo porque soy una mutante! Claro, tenía la intención de cortarles la cabeza ¡pero nunca herí a uno solo de esos malditos! Sabía que llamarían a Arashi para que «hiciera algo conmigo».

—Sus palabras. No las mías.

—¿Y Astred? —preguntó Zenrot—. ¿Por qué Art Gun decidió matarlo? Trabajó con ellos mucho más tiempo que nosotros.

—Porque era demasiado listo. —Zenrot y Keishla,

confundidos, lo observaron—. Para decirlo de otro modo, Astred iba a descubrir el plan de Art Gun tarde o temprano. Obviamente, no iba a permitirlo. Y, especialmente, no iba a permitir que los mataran. Honestamente, me sorprendió que lo mataran los robots en el cuartel general de Sentry Run. Era la única persona a la cual me preocupaba enfrentar.

—Hijo de...

—¡Espera un segundo! —gritó Keishla, interrumpiendo a Zenrot—. Si nos querían muertos en el cuartel general de Sentry Run... ¿cómo es que no decidieron matarte a ti?

—Porque demostré ser un mutante digno.

—Más bien demostraste ser un cabrón —siseó Keishla.

—¿Qué pasa con el Comandante Ryan? ¿Qué le hizo Arashi? —Zenrot alzó la voz, más exigente—. ¿Qué le hizo Arashi? —volvió a preguntar.

—Creo que sabes lo que hizo —dijo Freddy en voz baja—. Para que quede claro, yo no lo sabía. Lo siento.

—¿Aun así le fuiste fiel? —gritó Zenrot, furioso.

—Por favor —contestó Freddy—, me importan un carajo las decisiones de Arashi.

—Entonces, ¿por qué demonios intentas matarnos? ¿Cuál es tu propósito? Creía que éramos tus amigos. —Keishla tenía el corazón roto, habían estado juntos como un equipo durante tanto tiempo.

Freddy se rio tanto que apenas podía respirar.

—Éramos un escuadrón, compañeros que trabajaban juntos. Eso es todo.

—¡Tú no crees en esa mierda! —replicó Keishla, el dolor resonaba en su voz.

—Cree lo que quieras creer. Si los quisiera muertos, los habría eliminado en el bosque de Rasenof. Ustedes dos estaban bajo el agua en la cascada aguantando la respiración hasta que me fui. Lo sé porque dejaste una de tus dagas en el suelo, dejaste de concentrarte y la daga se movió a causa de tu telequinesis. Los dejé vivir para que me hicieran un favor.

—¿Y cuál sería? —preguntó Zenrot.

—¡Poner a Art Gun de rodillas! —Freddy gritó furioso. Su pelo se encendió en una ráfaga de fuego. Zenrot y Keishla se aferraron a sus armas por si necesitaban atacar—. Verán, cuando Zenrot estaba trabajando en su arma con Mojo, encontré una carpeta con mi nombre estampado encima de su escritorio. Era extraño, nunca había trabajado con el científico, así que la cogí para ver qué era. Resulta que no soy un ser vivo con voluntad propia... ¡Fui creado a partir de un maldito cadáver humano! —Zenrot y Keishla se sorprendieron. El comentario de Freddy llamó su atención—. ¡Eligieron un cadáver que murió explorando zonas prohibidas y crearon a su propio mutante! ¡A mí! Art Gun me hizo luchar para ellos. Fui diseñado para matar bajo sus órdenes, vendí al mundo la mentira de que me rescataron con sus esfuerzos. ¡Me dieron memorias falsas que incluso me cuesta recordar! Se supone que esta empresa debe defender a los mutantes, no utilizarnos a su antojo, joder.

Freddy estaba cada vez más enfadado, las llamas de sus cabellos se intensificaban más y más. Podían sentir el calor que emanaba desde donde estaban.

—¿Qué otros trucos tienen bajo la manga? ¿Qué otra excusa utilizarán para proteger su orgullo como salvadores de los «diferentes»? Solo les importa el título, nada más.

—Lamento que te hayan creado, de verdad lo siento... —Zenrot dijo en voz baja, tratando de apaciguar la ira de Freddy—. ¿Pero por qué darnos la espalda? Podríamos haber estado ahí para ti y resolver esto juntos.

—No hay nada que resolver. Además, el archivo dice que fui creado para ser una máquina de matar. Así que sigamos lo que dice el papel. No dejaré que ustedes dos se interpongan en mi camino.

Zenrot llegó a la conclusión de que ya no había forma de convencer a Freddy. Se había vuelto loco, la ira y frustración nublaban sus pensamientos. Tenía una sonrisa gigante en la cara; Zenrot y Keishla vieron que Freddy era un mutante que iba por mal camino. Él sacó la guadaña, listo para luchar.

Keishla lo miró y dijo:

—Es gracioso que con toda la mierda que nos has contado sigas cumpliendo órdenes. ¿Qué te hace pensar que no te matará cuando ya no le sirvas? Por no mencionar que nos contaste su secreto.

Freddy levantó el brazo izquierdo y liberó una enorme ola de energía de fuego. Zenrot y Keishla se pusieron en posición de ataque, aunque Freddy observó el edificio de Arashi.

—¿Él? —Volvió a mirar a Zenrot—. Arashi está en su despacho. —La cara de Freddy se iluminó—. Ya que ha matado a Ryan, permíteme que les haga un regalo por todas las molestias ocasionadas. —Freddy volvió a encender su comunicación con Arashi—. ¡Jefe!

—¡Frederick! —Arashi gritó furioso—. ¡Deja de hacer el tonto y elimina a Zenrot y Keishla!

—Relájate, esto será fácil. Quizá querrán encender sus radios para oír esto —dijo Freddy—. Procederé a acabar con ellos, pero me temo... que no llegarás a verlo suceder.

—¿Qué? ¿Qué demonios quieres decir?

—Sabes exactamente lo que significa... Adiós, viejo.

Freddy lanzó fuego contra la puerta de entrada del edificio. Las llamas derritieron la puerta y quemaron todo el primer piso. La intensidad del incendio produjo explosiones en el interior de la sede. Las ventanas se rompieron, y el infierno creció, consumiendo piso tras piso.

—¡¿Qué estás haciendo?! —Arashi gritó en el comunicador—. ¡Detente ahora mismo o serás perseguido igual que Zenrot y Keishla!

—Lo estoy deseando.

Las llamas alcanzaron el último piso.

—¡Ahhh! ¡Hijo de ...! —Las radios solo transmitían estática, Zenrot y Keishla tiraron las suyas debido a la intensidad del sonido. Ambos observaron cómo el edificio caía a causa de las llamas. La gente caía por las ventanas mientras ardían. Arashi y todos los que estaban dentro habían desaparecido.

—Bueno, eso lo arregla todo. —Freddy tiró su radio—. No creo que nadie salga después de esto. —Se dio la vuelta y miró a Zenrot y Keishla con una sonrisa de satisfacción—. Ahora... ¿En que estábamos?

Zenrot y Keishla estaban en estado de shock, casi traumatizados. Los había sorprendido lo rápido que Freddy voló el edificio como si nada.

—Maldita sea... —dijo Keishla—. ¡Quemó el edificio en segundos!

—Tenemos que cuidarnos de él —dijo Zenrot con seriedad. Estaba asustado, era más consciente de lo poderoso que era Freddy.

—La última vez no intentaba matarnos, pero ahora es otra historia.

—Sí... dos o tres golpes y podríamos despedirnos.

—Probablemente, con una ráfaga de energía suya... si va en serio... —respondió Zenrot.

Freddy se impacientó.

—Vamos, chicos —gritó—. Por mucho que me guste nuestra reunión, tengo una apretada agenda que atender para eliminar a todo ser viviente.

—Bueno, el petardo está necesitado... —Keishla comentó con los ojos en blanco—. ¿Algún plan?

Zenrot pensó durante unos segundos.

—Entabla combate cuerpo a cuerpo, yo te cubro.

Keishla lo miró seriamente.

—¿Por qué siempre estoy en combate cuerpo a cuerpo?

—Porque te gusta lo personal.

—Es cierto. ¿Estás listo? —Keishla miró a Zenrot con su arco cuchillo en mano.

Zenrot sacó su revólver con una mano, en la otra tenía la espada.

—Oh, estoy listo.

—Entonces... —Keishla salió despedida por los aires e impactó contra un edificio. Parte de la estructura cayó encima de ella. Freddy le había disparado una ráfaga de fuego con la mano. Se levantó rápidamente, quitándose los escombros que tenía encima muy enfadada—. ¡Maldita puta!

Keishla corrió inmediatamente hacia Freddy con su arco cuchillo. Se acercó y lo balanceó en un ángulo de cuarenta y cinco grados. Freddy lo bloqueó con su guadaña usando solo una mano. La apartó con una patada y se lanzó al ataque. Mientras las hojas de las espadas chocaban, Freddy aprovechó una oportunidad y cargó energía de fuego con su otra mano.

Zenrot lo tomó por sorpresa y pateó la mano de Freddy para quitarle la energía. Freddy se convirtió en humo para intentar escapar. Recuperó su forma original a kilómetros de distancia, pero Keishla estaba cerca. Continuaron luchando. Zenrot sacó su revólver, lo cargó para luego apuntar a Freddy y abrir fuego. Freddy, mientras luchaba contra Keishla, le lanzó fuego a Zenrot con la mano que tenía libre para protegerse de las balas. Usar el revólver no funcionaría. Zenrot corrió para acortar la distancia con Freddy y luchó de cerca.

Al darse cuenta de que se aproximada, Freddy esquivó el ataque de Keishla. Rápidamente la golpeó dos veces en la cara lo bastante fuerte como para derribarla. Freddy echó a correr, pero Zenrot se acercó y blandió su espada. Freddy lo bloqueó con la guadaña.

Zenrot blandió su espada con las dos manos, Freddy lo esquivó y alejó con la guadaña apenas unos centímetros. Puso el filo hacia abajo e intentó lastimarle el torso, pero Zenrot reaccionó y se apartó. Cuando Freddy blandió la guadaña, esta se encendió; el fuego de la hoja adquirió forma de media luna. Zenrot bloqueó el fuego con su espada y aguantó el fuerte impacto, sin embargo, Freddy no aparecía por ninguna parte.

—Por aquí —susurró Freddy. Zenrot se dio la vuelta y Freddy atacó velozmente, combinando patadas. La última golpeó el pecho de Zenrot, y fue seguida de un movimiento de la guadaña hecho para cortarlo por la mitad. Las dagas de Keishla se interpusieron y lo bloquearon. Ella guardó el arco cuchillo en la mochila, sacó su espada de la vaina, saltó muy alto e intentó apuñalar a Freddy al caer.

Keishla falló y su espada se clavó en el suelo. Ella y Zenrot corrieron y atacaron a Freddy al mismo tiempo, combinando sus técnicas. Ambos continuaron combatiendo cuerpo a cuerpo, pero los reflejos de Freddy eran asombrosos. Esquivaba todos los ataques, bloqueaba algunos golpes con su guadaña y esparcía fuego a su alrededor para protegerse. Se aseguraba de que no lo tocaran en lo absoluto.

Zenrot y Keishla se alejaron de Freddy. Zenrot sacó su revólver y disparó múltiples balas de energía, pero el fuego las quemó. Cargó su arma con inmensas cantidades de energía oscura y disparó. Un gigantesco muro de fuego apareció frente a él, como un escudo que consumió las balas.

—Esto no es bueno —dijo Keishla nerviosa.

—Nunca olvides que su energía es natural y lo protege de los ataques entrantes, así que antes de que podamos hacerle un daño significativo, tenemos que hacer que baje su energía, o pillarlo por sorpresa —comentó Zenrot para recordar mientras luchaban. Freddy sostuvo la guadaña con ambas manos, estiró los brazos hacia arriba y comenzó a dar vueltas para crear una bola de fuego gigante. Era tan grande como un edificio de cinco pisos.

Zenrot y Keishla se impresionaron por la cantidad de energía que Freddy estaba utilizando.

Keishla se quedó con la boca abierta.

—Hijo de...

—La pelea se pondrá más difícil... —Zenrot la interrumpió.

—¡Muy bien, chicos, veamos cómo evaden esto! —Freddy gritó furioso. Lanzó la bola de fuego que cayó lentamente hacia ellos. Zenrot cargó su revólver con una enorme cantidad de energía y disparó a la bola de fuego, provocando una enorme explosión. Los edificios se desmoronaron en pedazos y cenizas. Keishla corrió hacia Freddy, guardó su espada en la vaina, y saltó a gran altura mientras tensaba su arco cuchillo. En el aire empezó a disparar flechas de energía.

Mientras ella luchaba contra Freddy, Zenrot pensaba en cómo infligirle daño real. Se le ocurrió utilizar el lanzacohetes contra Freddy del mismo modo que lo había utilizado contra el ejército. Corrió a través del campo lleno de soldados muertos y, tras un minuto de búsqueda, encontró por fin uno con cohete. Zenrot se posicionó para emplear la misma técnica que antes y lograr un alcance largo. Se puso de rodillas, apuntó con el lanzacohetes hacia donde se encontraban Freddy y Keishla y empezó a cargar.

Keishla y Freddy se movían con intensidad. Ella usaba sus dagas telequinéticas para intentar golpear a Freddy, pero él con la presión de su fuego las hacía retroceder. Ella caminó hacia atrás, disparó flechas de energía, pero a Freddy lo protegía el fuego . Inesperadamente, Freddy se acercó lo suficiente para atacar con su guadaña. Keishla bloqueó el ataque con el cuchillo de su arco y sintió el calor de las llamas.

—¡Keishla! ¡Sal de ahí ahora mismo! —gritó Zenrot. Ella echó un rápido vistazo a Zenrot y vio lo que había planeado.

Zenrot terminó de cargar el revólver. Freddy estaba a punto de atacar de nuevo con su guadaña, así que ella lo esquivó moviéndose a un lado y atacándolo por la espalda. Lo tomó por detrás de la cabeza y lo empujó al suelo. Las manos le ardían al tocarlo. Después de derribarlo, Keishla corrió inmediatamente en dirección a Zenrot.

Zenrot disparó primero el lanzacohetes y luego el revólver. Una enorme ráfaga de energía pasó junto a Keishla y unos segundos después oyó la explosión. Llegó hasta Zenrot y miró el lugar donde había estado Freddy. Había sido un impacto directo.

—¿Lo tenemos? —preguntó Keishla, respirando con dificultad por el cansancio.

—No lo sé —dijo Zenrot, agotado. Dejó el lanzacohetes en el suelo. Observaron cómo se desvanecía el humo, y unas líneas de color naranja neón brillaron en la distancia. Se preguntaron qué podría ser. Cuando el humo desapareció, Freddy seguía de pie. Llevaba la misma armadura que Zenrot y Keishla.

—Imposible... —Zenrot dijo débilmente.

Freddy se reía mientras caminaba con lentitud hacia ellos.

—Ustedes pensaron que yo no estaba preparado, ¿verdad?

—¿Cuándo carajo consiguió una hombrera? —Keishla preguntó, frustrada.

—Dejaste uno en el helicóptero, idiota. Debo admitir que es un poco incómodo luchar llevando esto. —Freddy se quitó el casco—. Ah... mucho mejor. —Agarró la guadaña mientras salía energía alrededor de la mano que sostiene el arma.

Keishla miró nerviosa a Zenrot.

—¿Qué está tramando?

—¡No lo sé! Mantente alerta.

A Freddy se le cayó un poco de sangre de los labios y la limpió con el dedo.

—Son bastante fuertes. Ya veo por qué los soldados y los robots no consiguieron matarlos. Pero tengo algo mejor para ustedes. ¿Qué tal si traigo un nuevo ejército? —Levantó su guadaña, de la hoja salía fuego—. ¡Los arrastraré a los dos directamente al infierno! —Freddy golpeó el suelo con la vara de la guadaña. El fuego se expandió desde la hoja hacia el aire y alcanzó a los cadáveres esparcidos en el campo de batalla. Los soldados se levantaron lentamente, con la piel quemada; a algunos con sus esqueletos a la vista. En la frente llevaban un símbolo de fuego, una marca que indicaba que estaban siendo controlados. Cientos de ellos se reunieron para atacar. Freddy señaló con su guadaña hacia donde estaban Zenrot y Keishla—. Renacidos de fuego, ¡mátenlos! —El ejército de Freddy cogió velocidad y comenzaron a correr hacia ellos, dejando estelas de fuego a su paso.

Zenrot y Keishla observaban cómo el ejército de Freddy se acercaba a ellos. Tenían unos minutos hasta que llegaran, así que ella se sentó en el suelo para descansar. Zenrot se puso de rodillas, respiraba agitado.

—Ignorando la obvia situación... ¿cómo te sientes? —Intentó expresarlo de un modo que impidiera a Keishla dar una respuesta sarcástica. Le preocupaba lo que pasara cuando empezaran a pelear de nuevo. Él no tenía casi energía.

Las dagas de Keishla estaban a su lado, por si tenía que atacar desde lejos. Ella, sentada en el suelo, tenía las piernas cruzadas y aún respiraba con dificultad.

—Bueno... cansadísima, la verdad. Luchamos contra un ejército mejorado de Art Gun, un robot mutante que puede copiar nuestras armas y habilidades, lidiamos con este tipo y ahora debemos enfrentarnos a un nuevo ejército en llamas que es aún más espeluznante que Mojo. Estoy agotada.

A Zenrot le costó levantarse debido a lo exhausto que estaba. Miró al ejército.

—No hay mucho que discutir, entonces. Si vamos a morir aquí, acabemos con todos los que podamos y hagamos lo posible por eliminar a Freddy —habló Zenrot con firmeza—. Si algo sale mal, usaré el resto de mi energía para crear una explosión capaz de acabar con este lugar aunque me cueste la vida. Si no mueren, debería darte tiempo suficiente para huir. Así que prepárate para...

—Eres un imbécil, ¿lo sabías? —le dijo Keishla en un tono suave pero cargado de veneno. Zenrot jadeó y la miró sorprendido. Ella se levantó y cogió su arco cuchillo. Sus dagas flotaron mientras observaba el ejército que se acercaba—. Si crees que voy a dejarte morir solo, te equivocas. Hemos llegado hasta aquí juntos. Si luchamos en equipo, moriremos en equipo... ¿Me oyes? No lo olvides nunca. —Keishla cargó una gran flecha de energía, apuntó hacia arriba y disparó. La flecha ascendió y se dirigió hacia el ejército. Se rompió en pedazos al impactar y derribó al menos a quince Renacidos de fuego—. He dicho: ¡¿me has oído?! —gritó. Zenrot le sonrió y asintió—. Además —continuó hablando mientras disparaba más flechas—, voy a ser yo quien te corte la cabeza si alguna vez fuéramos enemigos.

—Entendido... ¡Vamos! —contestó Zenrot, y soltó una risita.

El ejército los alcanzaría en cualquier momento, y Freddy los esperaba detrás de los soldados, relajado. Confiaba en sus maliciosos planes y les gritó:

—¡Vengan por mí, chicos! ¡Los convertiré a los dos en cenizas!

CAPÍTULO TRECE

En un almacén, muy lejos de la batalla entre Zenrot, Keishla y Freddy, había una base oculta llena de una amplia variedad de piezas mecánicas y herramientas que podrían haber pertenecido a un laboratorio de ingeniería. Una alarma que reaccionaba directamente a la intensa energía de Freddy sonaba, y algo dentro de la base habló.

—Parece que Frederick Crossvelt ha tomado su decisión... activando todos los sistemas.

CAPÍTULO
CATORCE

El ejército alcanzó a Zenrot y Keishla. Ambos lucharon contra los Renacidos de fuego manteniendo la distancia. Keishla disparaba con su arco y Zenrot con su revólver. Algunos de los Renacidos de fuego explotaban al ser alcanzados por las balas y otros seguían avanzando lentamente. La forma más eficaz de matar los Renacidos era darles en la cabeza. Zenrot abatió a todos los que pudo; si se acercaban demasiado utilizaba su espada para empujarlos a una distancia segura. Mientras luchaba con cautela, uno de ellos le saltó sobre la espalda. Otros empezaron a seguirle. Trece lograron amontonarse sobre él y lo obligaron a arrodillarse; con sus cuerpos quemaron la armadura de Zenrot. Él se puso de pie de un salto y, con todas sus fuerzas, giró para sacárselos de encima. Uno seguía aferrado a su espalda, así que lo agarró del cuello y tiró. Lanzó al Renacido contra el suelo y acabó con él con su espada atravesando la cabeza de la criatura.

Un Renacido consiguió acercarse a Keishla y la alcanzó por sorpresa. Ella le atravesó la cintura con su arco cuchillo. Los enemigos venían de diferentes direcciones. Keishla traspasó sus cabezas con las dagas telequinéticas. Mató a todos los Renacidos de fuego cercanos y vio otro grupo a lo lejos. Tomó la daga más pequeña y la movió como un bumerán, haciéndola girar en un arco mortal que les rebanó la cabeza sucesivamente.

Freddy golpeó el suelo y agrietó la tierra circundante. Levantó una roca gigante prendida fuego lo suficientemente grande como para aplastarlos. Su cuerpo liberó energía, con sus puños desnudos empujó la roca hacia Zenrot y Keishla. Ambos vieron cómo la roca gigante rodaba hacia ellos y aplastaba a los Renacidos en el camino. Keishla se preparó para enfrentarse a la roca. Zenrot la miró y notó que temblaba de cansancio; sabía que no era capaz de detener algo tan grande. Zenrot avanzó y se ubicó frente a ella.

—Espera, no lo conseguirás si intentas detenerla —dijo Zenrot.

—¿Tienes un plan mejor?

—Sí, pero consumirá gran parte de mi fuerza, así que prepárate para defenderte —respondió Zenrot. Guardó su espada en la vaina y su pistola en la funda. Concentró su energía en las manos, sintió dolor en el cuerpo pero, con esfuerzo, pudo detener la roca justo antes de que chocara contra ellos.

A pesar de estar quemándose los dedos, Zenrot levantó la roca con una mano y le dio un fuerte puñetazo con la otra. La enorme piedra en llamas se hizo pedazos. Una vez destruida, Zenrot cayó de rodillas, agotado. Un par de Renacidos corrieron hacia él mientras estaba en el suelo. Keishla intervino y lo defendió mientras se recuperaba; impidió que lo tocaran y los mató.

Zenrot y Keishla sintieron otro temblor. Se acercaba otra roca gigante en llamas.

—Hablando de ensañamiento... —dijo Keishla agitada y frustrada.

Zenrot se levantó, sacudiendo la cabeza.

—No podré detener la segunda a tiempo, ¡retrocede!

Ambos echaron a correr y más Renacidos se levantaron del suelo. Keishla despejó el camino de Zenrot con su arco cuchillo. Los Renacidos que se levantaban recibieron flechas de energía, y las dagas impulsadas telequinéticamente mataron a los que estaban en pie. Los demás cayeron por cortesía del revólver de Zenrot. Sintiéndose ligeramente recuperado, Zenrot dejó de correr. Keishla se dio cuenta de que él no estaba cerca de ella. Zenrot esperaba que la roca se acercara; cuando estuvo cerca, Zenrot saltó. Utilizó sus piernas para empujarla y alejarse al mismo tiempo. Le disparó con una bala de energía masiva de su revólver, haciéndola volar por los aires.

Llegaron más Renacidos de fuego. Zenrot y Keishla estaban casi tumbados, agotados de tanto luchar y correr. No tenían más remedio que pelear por sus vidas si querían ganar. Freddy se mantenía lo suficientemente lejos como para convocar al ejército contra el cual Zenrot y Keishla se enfrentaban una y otra vez. Eran inagotables.

—¡Dark Boy! —Keishla gritó—. No podemos seguir así mucho más tiempo. ¿Algún nuevo plan que puedas sugerir?

—¡Ninguno! Lo mejor que podemos hacer es mantenernos firmes hasta que Freddy no pueda convocar a más Renacidos —replicó Zenrot, agitado mientras disparaba a Renacidos.

—Eso no va a pasar, ¡son demasiados! —respondió Keishla. Se tumbó un segundo para respirar y un Renacido saltó sobre ella. Fue incapaz de usar su energía para quitárselo de encima. Más de ellos le saltaron encima, había demasiados sujetándola.

Estaban en apuros. Cuando Zenrot fue a ayudar a Keishla, otro grupo de Renacidos se abalanzó sobre él. Ambos mutantes luchaban por liberarse, sentían las quemaduras de los Renacidos en todo el cuerpo. Sus armaduras se derretían poco a poco.

«Supongo que este es nuestro destino...», pensó Zenrot.

Zenrot y Keishla oyeron disparos. Los Renacidos dejaron de moverse, abatidos. Ambos se pusieron inmediatamente en pie, presos del pánico.

—¿Qué coño ha pasado? —gritó Keishla, confundida al no saber qué los había salvado. Un pelotón de soldados se acercó. En el uniforme, justo en el pecho, llevaban el logotipo de Art Gun. En el brazo derecho tenían los colores que correspondían a sus rangos—. ¿Y quién demonios son ustedes? —preguntó. Un soldado se adelantó y saludó, llevándose mano a la frente.

—Capitán Randell del escuadrón Sombra reportándose al deber, señora.

—Tienen agallas para enfrentarse a nosotros después de lo que ha pasado hoy —dijo Zenrot enfadado porque no se fiaba de sus intenciones. Todos los miembros de Art Gun habían intentado matarlos a él y a Keishla.

—Estamos aquí para pagar nuestra deuda con usted, señor. —Randell presentó a su equipo, otros cinco hombres del escuadrón de Sombra. Se llamaban Daniel, John, Kevin, Robert J. y Arnold—. Además —dijo, mirando directamente a Zenrot—, venimos a vengar la muerte del comandante Ryan.

Zenrot se sobresaltó al oír el nombre de Ryan. Levantó su espada, apuntando a los soldados.

—¿Qué demonios sabés de él? Lo mató Arashi —gritó furioso a Randell.

—Solía ser el capitán de nuestro equipo. Nuestro capitán. Se retiró cuando su hijo murió en combate y me ascendió a capitán.

—Espera, su hijo... ¿era parte del escuadrón Sombra? —preguntó Zenrot. Randell asintió.

—Después de eso, Ryan decidió entrenar a nuevos reclutas para que fueran buenos soldados. Cuando entraste tú, no le hizo mucha gracia entrenar a un mutante, pero vio algo en ti y quería que fueras el mejor. Seguro que tenía sus razones. No podíamos matar a alguien que era importante para nuestro antiguo capitán. Además, no sabíamos que Arashi lo había asesinado. Así que decidimos escondernos hasta que llegara el momento, aunque tuviéramos órdenes de matarlos a los dos.

Freddy vio que el escuadrón había salvado a Zenrot y Keishla desde lejos.

—Bueno, llegaron los refuerzos, por lo que veo. —La afirmación era tanto una amenaza como una observación—. Permítanme darles una bienvenida adecuada. —Liberó fuego de su guadaña para enviar más cadáveres. Un ejército aún más grande de Renacidos de fuego se levantó del suelo.

Zenrot, Keishla y el escuadrón Sombra se prepararon para la batalla.

—Entonces, ¿cuál es la situación? —preguntó Randell.

—Oh, ya sabes, estamos jugando... —Keishla respondió con un tono sarcástico y agresivo—. ¡Nos está pateando el culo, esa es la situación!

—Bueno, entonces tendremos que darles una patada más fuerte —respondió Randell con confianza.

Zenrot no estaba convencido de poder trabajar junto a un escuadrón de Art Gun, pero necesitaban toda la ayuda posible en ese momento. Su mirada era amenazadora.

—No se ofendan, pero la razón por la que no los he matado es porque nos ayudaron. Les advierto, si intentan algo raro contra nosotros... morirán.

Daniel soltó una risita nerviosa, pero John no parecía sorprendido.

—No te preocupes, ya lo sabemos —aseguró Daniel.

—Les dije que se iba a enfadar —añadió Kevin.

John se reía.

—Me deben una comida más tarde.

Randell, con el fusil en la mano, permanecía firme, formal y rígido.

—¡Preferimos morir por lo que es justo antes que traicionarle, señor! —Habló con claridad y valentía, sin vacilar.

Keishla se alegró por lo que dijo Randell. Sintiéndose motivada, se levantó con su arco cuchillo en las manos y las dagas.

—¡Ese es el espíritu! Acabemos con esto de una vez —dijo al escuadrón Sombra, y corrió hacia los Renacidos para combatir.

Zenrot no se sentía cómodo luchando junto al escuadrón, pero si Keishla confiaba en ellos, él también lo haría. Esprintó para unirse a Keishla en la lucha contra los Renacidos. El escuadrón preparó sus rifles, se mantuvieron en posición defensiva y alertas ante cualquier sorpresa. Los Renacidos se acercaron a Zenrot y Keishla.

—¡Enemigo a la vista! ¡Vigilen sus espaldas! —gritó Randell a su equipo. Danny y Kevin empezaron a disparar mientras avanzaban para defender Zenrot. Unos cuantos Renacidos se dirigieron hacia el pelotón Sombra y los atacaron, pero John y Arnold se colocaron delante haciéndolos retroceder con escudos, como los Espartanos. John y Arnold mantenían a los Renacidos ocupados, Robert J. los flanqueó y acabó con ellos con su escopeta, una Remington Modelo 1100. Randell y su escuadrón lucharon estratégicamente; se mostraron tranquilos y eficaces, eliminando a cada Renacido de fuego que se ponía a tiro.

Keishla corrió hacia Zenrot.

—¡Mierda, no tienen fin!

—Córtale la cabeza al amo y morirán todos —respondió Zenrot.

—Entendido.

—Te proporcionaré cobertura en caso de que alguno de ellos empiece a seguirte... ¡Vete!

Keishla se movió velozmente por el campo de batalla, pasó entre el ejército para llegar a Freddy y luchar contra él, uno a uno. Zenrot permaneció en guardia junto al escuadrón Sombra. Más Renacidos intentaron atacarlo, pero utilizó su espada para atravesarlos y abatirlos uno tras otro. Si alguno mostraba signos de estar a punto de estallar, les disparaba para evitar la explosión. Los Renacidos daban intentaban emboscar a Zenrot, pero el escuadrón lo cubría desde todos los ángulos. Danny y Kevin mataban a los enemigos desde la distancia con un Colt CAR-15 Commando mientras que John y Arnold intentaban rodearlos con los escudos. Hicieron una señal a Robert J. para que lanzara una granada de mano y, tras un certero lanzamiento, volaron por los aires a una veintena de Renacidos. Daniel, John, Robert J., Kevin y Arnold se emocionaron.

—¡Oh, claro que sí! —Daniel gritó de alegría.

—¡Somos los mejores! —siguió John, continuando la conversación.

—No bajen la guardia, chicos, aún tenemos trabajo que hacer —dijo Randell con seriedad. En medio de la conversación, otros treinta Renacidos salieron del suelo y emboscaron al pelotón. Zenrot se dio cuenta de que estaban en apuros y acabó con el grupo disparando cuatro ráfagas de energía.

—La próxima vez no los salvaré a todos, así que pongan atención —advirtió enfadado Zenrot antes de alejarse para luchar contra más Renacidos.

***

Mientras tanto, al otro lado del campo de batalla, Keishla miraba a Freddy con rabia y ganas de degollarlo. Freddy tenía una sonrisa en la cara, encantado de poder matarla.

—Enséñame lo que tienes —dijo Freddy con avidez. Keishla guardó su arco cuchillo y las dagas en la mochila, excepto una. La sujetó y sacó su espada de la vaina con la otra mano. Buscó estar más cerca y corrió hacia Freddy. Blandió la espada en todas las direcciones, golpeándole el estómago, los brazos y la cara... cualquier lugar donde pudiera acertar.

Freddy bloqueó todos los ataques con el bastón de la guadaña. Keishla asestó un gran golpe y Freddy paró el ataque con la hoja, apartando la espada de Keishla. Ella atacó con la daga que tenía en la otra mano. Freddy atrapó la mano de Keishla y la aplastó contra el mango de su propia arma hasta que el dolor la obligó a soltar la daga. Cuando la soltó, clavó rápidamente la guadaña en el suelo y le dio un puñetazo en la cara, tirándola al suelo.

—¿Sabes cuál es tu problema, Keishla? —la sermoneó Freddy. Keishla se puso de pie para devolverle el golpe, pero él vio venir el movimiento y le dio una patada en el tobillo, obligándola a arrodillarse. La golpeó de nuevo en la cara—. Siempre te desesperas cuando luchas. Nunca te concentras y por eso siempre he sido superior a ti.

—Es gracioso —dijo Keishla mientras escupía sangre por la boca—, pegas como una perra. —Freddy perdió la compostura y le dio un puñetazo en la cara lo suficientemente fuerte como para marearla. Aún de rodillas, Keishla se sujetó la cabeza con ambas manos intentando concentrarse. Freddy se paró detrás de ella. Agarró el pelo de Keishla y tiró con fuerza, obligándola a levantarse.

Freddy se acercó a su oído.

—Patética —susurró antes de darle una patada en la espalda. Ella cayó a unos metros de distancia y quedó tendida en el suelo.

Keishla pensó en su pasado, cuando entrenaba con Freddy mucho antes de que Zenrot se uniera al equipo. Recordó las luchas cuerpo a cuerpo, ninguno de los dos podía usar sus habilidades y ella nunca había conseguido derrotarlo. En el último combate de entrenamiento, Keishla se había encontrado en una posición similar: en el suelo y mirando hacia arriba, contemplando un rostro lleno de decepción. Freddy solo la veía como una compañera frágil. En aquel momento Freddy también le habló con desprecio. «Si quieres mejorar, debes preocuparte por tu propia supervivencia. No por nadie más. Si piensas en el bien de otros no seguirás viva mucho tiempo más», le había dicho.

Keishla se puso de pie, las piernas le temblaban y miró a Freddy.

—En el pasado dijiste algo... y tenías razón... —Keishla balbuceó y Freddy la miró inquieto—. Preocuparme por otras personas, aparte de mí, no me llevará a ninguna parte... Me preocupé por la persona equivocada... —Pensó en todos los momentos que había compartido con Astred y en cómo él la había cuidado y protegido de todos, incluso de Art Gun. También pensó en Zenrot y en que habían luchado juntos para mantenerse con vida y protegerse mutuamente. Él podría haber muerto si no hubiera sido por ella, era recíproco, ambos se ayudaban mutuamente.

—Ahora tengo a alguien que lucha a mi lado —continuó Keishla—. A diferencia de ti, que quieres aniquilar a todo el mundo con tu ira y te has perdido en la locura. Lo que haces está mal. Te detendremos, aunque tenga que morir. —Keishla se mantenía erguida, a pesar del sudor y la sangre que le corrían por la frente, los moratones que tenía en la cara y la armadura dañada.

Freddy apenas estaba herido, tenía solo unos rasguños en la cara y su armadura impoluta.

—Muy bien. —Rio entre dientes e inclinó la cabeza—. Al fin y al cabo, es tu funeral. —Levantó la mirada, y se sorprendió al ver a Keishla a solo unos centímetros de él. Ella le dio un puñetazo en la cara. Freddy retrocedió y levantó los brazos para cubrirse. Keishla aprovechó la oportunidad y le lanzó múltiples puñetazos en el torso.

Freddy le agarró la mano derecha y se la retorció. La acercó y, estaba a punto de golpearla, pero Keishla le dio un cabezazo tan fuerte que lo hizo ver momentáneamente las estrellas. Aprovechó la oportunidad para atacarlo y golpearlo repetidamente en la cara. Solo se detuvo cuando Freddy le lanzó fuego para interrumpir sus puñetazos. Cuando las llamas desaparecieron, se dio cuenta de que Keishla había desaparecido.

—¿Dónde te has...? ¡Agh!

Freddy se miró el abdomen, confundido por la daga que sobresalía de él. La sangre goteaba de su cuerpo hasta el suelo. Keishla, detrás de él, le clavó una daga en la espalda y sonrió.

—Al parecer tu ejército drenó la energía que necesitas para protegerte de mí.

La furia se apoderó de Freddy. Agarró la punta de la daga y transmitió su ardiente energía a través de ella, reduciendo el arma a cenizas. Keishla soltó el mango y se alejó, pero Freddy se convirtió en humo y reapareció justo delante de ella para golpearla con fuerza en la cabeza. Ella cayó hacia delante, y vio cómo la rodilla de él se elevaba hacia su cara. Freddy la desequilibró y la tomó por el cuello para tirar su cuerpo lejos.

Keishla aterrizó a varios metros de distancia. Zenrot oyó el ruido de su cuerpo inerte contra el suelo y se giró a tiempo para ver cómo. Preocupado, corrió hacia ella y se agachó a comprobar su estado. Su corazón latía con fuerza.

—Keishla, ¿estás bien? Di algo.

Ella abrió lentamente los ojos, tosió y soltó una carcajada.

—Sí, apuñalé bien al bastardo.

—Vamos, levántate —dijo. La ayudó a incorporarse, y se echó a reír.

Freddy caminaba hacia ellos, apretando la herida de su abdomen. Calentó la mano y, luchando contra el dolor, selló la herida para detener la hemorragia.

—Siento decepcionarlos, chicos... pero no han conseguido nada en absoluto —Freddy les habló con una sonrisa de suficiencia en la cara.

Keishla estaba molesta. Incluso después de todo el esfuerzo que había puesto en golpear a Freddy, parecía que él aún podía luchar. Zenrot sostenía su espada con la mano derecha y la hoja reposaba sobre su hombro. Con confianza, sonrió.

—Eso no es cierto, Frederick. Acabamos de demostrar que te estás debilitando.

—Y además —Keishla prosiguió—, acabas de malgastar energía invocando a ese ejército una y otra vez... Es cuestión de tiempo para que te quedes sin fuerza y te matemos fácilmente.

—Como si tuvieran una oportunidad. Solo están retrasando lo inevitable. Esta guadaña tiene más para ofrecer... —Freddy respondió. Levantó su arma e intentó desatar más poder. Parecía que estaba a punto de cargar energía y soltar fuego por la hoja, pero implosionó. Freddy volvió a intentarlo, furioso. Zenrot observó que la guadaña no podía alcanzar todo su potencial. Notó un punto rojo que brillaba donde la hoja se unía con el mango de la guadaña. Parecía uno de los dispositivos de Astred.

—Algo está mal... —Zenrot susurró a Keishla.

—¿De qué estás hablando? —preguntó Keishla, confundida.

—Antes de comenzar nuestra misión en el cuartel general de Sentry Run, Astred se aseguró de que estuviéramos listos y... recuerdo que puso un dispositivo en la guadaña de Freddy.

—¿Qué pasa con él?

—Mírala de cerca. —Zenrot señaló la guadaña—. Astred dijo que era para ayudarlo a equilibrar su energía, pero... creo que era para limitar sus habilidades.

Freddy miró la guadaña con rabia e incredulidad. Notó lo mismo que Keishla y Zenrot: un pequeño dispositivo en el asta, en la parte posterior de la hoja. Freddy cargó la guadaña una vez más y observó al punto rojo brillar.

—¡Bastardo! —Freddy gritó frustrado—. ¡Con razón quedé exhausto en nuestra misión!

—Como pensaba, Astred sabía que esto pasaría.

—¿Qué sabía exactamente? —Keishla estaba más confundida que nunca.

—Todo. Las intenciones de Art Gun. Que Freddy nos traicionaría. Sabía que había un plan, pero mi hipótesis es que Astred no estaba completamente seguro de los detalles. Incluso antes de su muerte me dijo que cuidara de ti, pero nunca mencionó a Frederick. Ahora que esto ha sucedido, puedo ver por qué esa noche estaba ocupado. Creó un artilugio para evitar que las habilidades de Freddy se desataran.

—Mmm. Buen truco, Astred —contestó Keishla.

Freddy usó la energía que le restaba para sacar el chip y quemarlo. Astred había encontrado la forma de que el aparato fuera difícil de destruir; era a prueba de fuego. Las manos de

Freddy brillaron y el fuego se transformó en lava. Cuando retiró la mano, el chip se había derretido.

Freddy, satisfecho, movió su guadaña en el aire y la hoja se encendió con un fuego inmenso que iluminó kilómetros a la redonda. La guadaña misma soltó pequeñas bolas de fuego, casi como si tuviera mente propia. Freddy la sostuvo en alto con una sonrisa aterradora dibujada en su rostro.

—¡Por fin! ¡Mi verdadero poder! —gritó.

Zenrot, Keishla y el escuadrón Sombra sudaban por el aumento de la temperatura, atemorizados por lo que ocurriría. Eran testigos del verdadero poder de Freddy: su pelo brillaba lo suficiente como para iluminar una casa, sus venas eran muy visibles y exudaba calor. Los ojos le brillaban. Cambiaban de naranja a rojo, y luego volvían a cambiar.

Todos estaban en posición de ataque. Los Renacidos de fuego se hicieron polvo. Freddy quedó solo. Rodeó el campo de batalla con fuego, obstruyendo cualquier vía de escape. Con la guadaña apuntó la a Zenrot y Keishla.

—Ahora... ¡Déjenme mostrarles cómo es el verdadero horror!

Keishla no pudo esperar a ver de qué más era capaz Freddy y decidió atacar primero. Cuatro dagas telequinéticas salieron de su mochila. Giraron alrededor de Freddy, cortándolo, pero él no se inmutó. Su cuerpo se convirtió en humo justo antes de que los afilados filos pudieran hacerle daño. Apareció a un palmo de Keishla, agarrándola por el cuello con una mano. Freddy la obligó a tirarse completamente al suelo. El impacto de su espalda dejó una serie de pequeñas grietas en la superficie. Soltó a Keishla y le pisó con fuerza el pecho. La armadura de Keishla se sacudió por el golpe, y la fuerza hizo que tosiera sangre por la boca. Freddy le dio una patada, apartándola de su vista. Ella rodó varios metros y acabó boca abajo en el suelo.

Zenrot, preocupado, corrió a ayudar. Por desgracia, Freddy, rápido, lo interceptó.

—¡Vamos, Zenrot! —Freddy blandió su guadaña, pero Zenrot la bloqueó con su espada—. ¡Demuéstrame que puedes luchar de verdad! —La mano izquierda de Freddy liberó energía y, con una bola de fuego, golpeó a Zenrot directamente en el pecho.

Freddy aprovechó la oportunidad y se acercó corriendo para pegarle a Zenrot y dañarle la armadura. Zenrot no pudo soportar los golpes y clavó su espada en el suelo. Se agachó y saltó para apartar a Freddy con una patada. Cuando Zenrot puso suficiente distancia entre ellos, cargó su revólver para empujar a Freddy más atrás. Freddy cruzó los brazos para bloquear el disparo. Zenrot aumentó su energía para hacerse más fuerte.

Keishla estaba de pie, limpiándose la sangre de la boca con el brazo. Corrió a ayudar a Zenrot.

—¿Eso es lo mejor que puedes hacer? —Se burló de él.

—No del todo —gruñó Zenrot. Keishla atacó con sus dagas, pero el fuego de Freddy las apartó. Se colocó detrás de él y le dio un fuerte puñetazo en la espalda. Zenrot envainó su espada, se acercó rápidamente y golpeó a Freddy con fuerza en el pecho. El fuego de Freddy podía detener el combate físico, así que Zenrot y Keishla combinaron ataques para asegurarse de que Freddy no tuviera oportunidad de contraatacar. Abrumado, Freddy se enfureció, soltó su guadaña, y se convirtió en humo.

Zenrot y Keishla estaban preparados para combatirlo de nuevo, pero Freddy liberó una pequeña explosión desde su cuerpo y los apartó. Esprintó rápidamente, agarró a Zenrot del cuello y le asestó un cruel cabezazo. Zenrot se tambaleó hacia atrás, desorientado. Keishla quiso embestirlo, pero Freddy le dio una patada en el tobillo y la golpeó en la espalda. Su armadura se aplastó y él la apartó. Zenrot vio a Keishla volando hacia él y la agarró. Keishla, avergonzada, rechazó la ayuda de Zenrot y se puso de pie.

Freddy los miró fijamente, sus ojos anaranjados brillaban y fuego caía de su cuerpo al suelo.

—Qué chiste eres... —dijo con una expresión amenazadora. Freddy se dirigió tranquilamente hacia su guadaña, la recogió del suelo antes de dirigirles una alegre sonrisa—. Veamos si pueden sobrevivir a esto. —Un tornado hecho de fuego comenzó a formarse rápidamente en el aire sobre la cabeza de Freddy.

Zenrot y Keishla estaban asombrados y aterrorizados, preguntándose cómo Freddy era capaz de utilizar habilidades tan poderosas sin ninguna consecuencia aparente para su cuerpo.

—¡Hora de morir…! —gritó Freddy—. ¡Ahhh!

El tornado desapareció. El escuadrón Sombra los ayudó flanqueando a Freddy y lanzando granadas a su espalda. El fuego lo protegió de las explosiones, pero la conmoción lo desconcentró. El escuadrón disparó, pero llamas seguían extendiéndose y consumiendo las balas. Freddy, furioso al haber sido interrumpido, giró su guadaña en círculos y se volteó para encarar al escuadrón.

—¿Qué tal si me deshago de ustedes primero? —dijo, y les

lanzó una ráfaga. Las llamas que se dirigían hacia ellos eran tan intensas que, si los alcanzaba, sin duda se convertirían en cenizas. Zenrot corrió tan rápido como pudo delante del pelotón y bloqueó el haz de fuego con su espada. El arma quedó intacta, pero la armadura de sus manos empezó a derretirse. La piel le ardía.

—¡Quítense del medio! —gritó al pelotón.

—¡Sí, señor! —respondió Randell. Él y el resto del pelotón se alejaron.

Keishla atacó a Freddy mientras Zenrot se recuperaba. Formó y disparó una flecha de energía gigante que atravesó el fuego y finalmente hizo contacto. Sin embargo, antes de que pudiera celebrar, Freddy se convirtió en humo y desapareció.

—¿Dónde demonios se ha metido? —Keishla lo buscó desesperadamente, y se preguntó si habría huido. Keishla lo encontró a medio campo de distancia, golpeando el suelo con las manos para producir un terremoto. Freddy arrastró una roca gigante, era más grande que un edificio de ocho pisos. Keishla corrió a una velocidad increíble para evitar el ataque. Cuando Freddy pateó la roca para que empezara a rodar, Keishla se dio cuenta de que no la apuntaba a ella, sino a Zenrot. Freddy sabía que Zenrot había llegado al límite y no podía proteger al escuadrón. Se disponía a acabar con él.

Kevin miró la roca desde la lejanía.

—¡Zenrot, cuidado! —gritó. Zenrot levantó la cabeza. La roca estaba cerca, lo iba a aplastar, pero él reaccionó y la detuvo con sus manos. Freddy, en seguida, cargó una bola de fuego para derribarlo.

Keishla corrió y se acercó a Freddy. Él la golpeó con una pierna en la cara y la empujó hacia atrás. Freddy terminó de formar la bola de fuego y la lanzó hacia Zenrot, quien no podía soltar la roca porque lo aplastaría a él y al escuadrón Sombra.

Randell y su equipo intentaron encontrar la forma de ayudarlo.

—¡Tenemos que hacer algo rápido o Zenrot morirá! —dijo Daniel, preso del pánico.

—¿Alguna sugerencia? —preguntó Randell a su equipo.

—Hay un camino... —John miró la roca, y su voz se tiñó de tristeza.

—¿No hay otra manera? —preguntó con tristeza Robert J. Él sabía lo que John tenía en mente.

—¡O salvamos a Zenrot o morimos todos! —gritó Arnold para que tomaran rápidamente una decisión.

Randell reconoció que el consenso era salvar a Zenrot pasara lo que pasara. Zenrot, por su parte, se dio cuenta de que el escuadrón Sombra preparaba sus armas.

—¿Qué están haciendo? —gritó—. ¡Esta es su oportunidad, váyanse ahora!

—Lo sabemos, señor —respondió Randell. El pelotón se puso en guardia y todos los hombres se llevaron la mano a la frente para saludar a Zenrot—. Usted y Keishla se merecen una buena vida, señor. Ganen esta lucha poniendo todo su corazón. Ha sido un honor para nosotros estar a su lado.

—¿De qué están hablando?

—¡Apunten a la roca! —Randell ordenó al pelotón. Dispararon a la roca para romperla en pedazos lo bastante grandes como para que Zenrot pudiera cubrirse de la bola de fuego que había detrás. Keishla buscó un lugar donde cubrirse del impacto y se adentró en las ruinas de un mercado local. Estaba semi derrumbado, pero las paredes le servían para protegerse. Zenrot miró al escuadrón que disparaba a la roca y comprendió por fin su intención. A pesar del enfado que sentía hacia ellos, Zenrot reconoció su valentía. No quería que los soldados murieran.

—¡Paren! —les gritó, angustiado—. ¡Si continúan, morirán todos! —La roca aún no se había roto en pedazos. Cada hombre sacó una granada para el golpe final.

—Lo sabemos —contestó Kevin.

—No te preocupes por nosotros —comentó Daniel con una sonrisa.

—A pesar de que no podríamos habernos conocido un poco mejor... —comentó Robert J., contento al pensar que hacía lo correcto; él no solía sonreír ni expresar abiertamente sus sentimientos.

—Ha sido un placer para todos nosotros, amigo mío. — Arnold terminó la reflexión que Robert J. había iniciado.

—¡Arrójenlos ahora! —gritó Randell como última orden. Lanzaron las granadas al unísono y, cuando impactaron contra la roca, todas explotaron. La piedra se desmoronó alrededor de Zenrot y los pedazos cayeron encima de él, protegiéndolo de la bola de fuego. No era mucho, pero sabían que Zenrot sobreviviría bajo las rocas. Cuando le cayeron encima, Zenrot gritó y extendió el brazo hacia los soldados.

—¡No! ¡Por favor!

Zenrot perdió de vista al escuadrón. Y segundos después, la

bola de fuego golpeó las rocas, generando una explosión masiva. El fuego se expandió sobre el campo de batalla y Keishla, escondida tras los muros, podía sentir su intensidad. Decidió correr lejos de la explosión.

Zenrot, aún bajo las rocas, pudo ver a través de un pequeño agujero el fuego extendiéndose. Vio cómo el escuadrón era consumido por el muro de llamas y cada uno de ellos se convertía en cenizas.

—¡No! —gritó, sus lágrimas se evaporaron apenas entraron en contacto su mejilla. Pasaron unos minutos, el mundo había enmudecido. El fuego había dejado de propagarse y todo a su alrededor había desaparecido. Edificios, casas, escombros... Solo quedaban llamas.

—¡Dark Boy! —Keishla grito y corrió hacia la dirección de su compañero. Justo cuando llego, empezó a sacar piedra tras piedra, tirándola a lo lejos. Poco después, pudo sacar la mayoría de las piedras y encontró a Zenrot. Estaba tumbado en el suelo, mirando al cielo gris y uniforme, incapaz de distinguir si era de día o de noche entre la niebla y el humo. Miró hacia donde había estado el escuadrón... habían desaparecido, como si nunca hubieran existido.

Contuvo las lágrimas al pensar en cuánta gente había perdido. Habían matado a cualquiera que lo hubiera ayudado. Se levantó lentamente y, rabioso, golpeó el suelo con tanta fuerza que empezó a resquebrajarse.

—¡Maldita sea! ¿Por qué?

Keishla se levantó, la pena y la tristeza se reflejaban también en su rostro. Sabía lo difícil que era para él perder a todos sus seres queridos. Le tendió una mano para ayudarlo a levantarse.

—Vamos. Sé que es duro... pero esta lucha no ha terminado. —Zenrot agarró la mano de Keishla y se puso de pie.

—¿Cuándo terminará esta pesadilla? —preguntó Zenrot.

Sus armaduras los había protegido durante la explosión, pero estaban en estado crítico, hundidas y rotas en algunos sectores. Una o dos ráfagas más de energía y serían aniquilados por completo.

Freddy caminó hacia ellos. La expresión de su rostro era mortalmente seria; no estaba jugando. A pesar de todo el calor y el fuego que desprendía su cuerpo, estaba cansado por el derroche de energía. Freddy se detuvo cerca, de pie y observando a la pareja. Zenrot sacó el revólver con rabia y disparó.

—Tontos... tontos bastardos —dijo Freddy en voz baja. Zenrot dejó de disparar. Era inútil. Sabía que las balas de energía no iban a funcionar si el fuego aún lo rodeaba y lo protegía.

—Bueno... estamos bastante jodidos, ¿no? —expresó Keishla, aceptando que podía ser el final.

—Por mucho que odie decirlo, sí... creo que ha llegado el momento. —Zenrot respondió, totalmente agotado. No podrían luchar mucho más. Freddy sujetó la guadaña con una mano e imbuyó la hoja con enormes llamas.

—Ustedes dos son persistentes —les dijo Freddy, con odio venenoso—, pero estoy cansado de este juego. —Notó que algo brillaba a lo lejos y caía del cielo en su dirección—. ¿Qué demonios es eso?

CAPÍTULO
QUINCE

Algo aterrizó justo en medio del campo de batalla. Parecía ser un robot hecho de chatarra, pues todas sus partes eran marrones y estaban llenas de barro. A juzgar por su apariencia, no era fuerte como un Espartano o un Golem, pero Freddy no iba a correr más riesgos.

—¿Más refuerzos? —le gritó al robot—. Dime... ¿Cuántos vienen? —Freddy estaba cansado de las interferencias.

El robot tenía un monitor como cara. Se encendió y, en la pantalla negra, apareció una línea blanca en el centro.

—Solo yo —dijo. La línea mostraba la onda sonora de la voz mientras respondía. Levantó el brazo y señaló a Freddy—. Has ido demasiado lejos. —Era como si tuviera consciencia de sí mismo.

Zenrot y Keishla se preguntaban qué estaba pasando, pues no sabían de dónde había salido el robot. Keishla preguntó:

—¿Quién demonios...?

—¿Quién es usted? —la interrumpió Zenrot, dirigiéndose directamente al robot.

—Un amigo —respondió el extraño, mirándolos por encima del hombro.

Freddy rechinó los dientes de rabia.

—Identifícate, cabeza de metal —lo amenazó.

—Vaya decepción en la que te has convertido, Frederick Crossvelt. Mírate... no eres más que un mal ejemplo para la raza mutante y un mal ejemplo para tus colegas.

Freddy sonrió. Sujetaba con fuerza la guadaña mientras miraba fijamente al robot, como si quisiera destruir cada pieza metálica que lo componía.

—Para ser un robot con consciencia... tienes los datos más tontos en tu sistema. No creas que vas a salir de aquí vivo después entrometerte así.

—Por supuesto que no —respondió el robot a Freddy—. No seguiría tu juego si quisiera vivir. —El robot se irguió con firmeza y saltó hacia Freddy. Levantó un brazo para darle un puñetazo en la cara. Freddy se mantuvo firme y dejó que el fuego que lo rodeaba le sirviera de escudo. Confiaba en que el robot no pasaría de las llamas; supuso que probablemente se derretiría en el proceso.

Se equivocó.

—¡Agh! —exclamó. El golpe del robot fue directo a su mejilla e hizo que le goteara sangre del labio, fue tan fuerte que incluso lo empujó.

Zenrot y Keishla estaban en shock. Se preguntaron cómo el robot había conseguido golpear fácilmente a Freddy sin ningún impedimento.

—¿El... el robot golpeó a Freddy? —Keishla habló, aún conmocionada.

—El robot no hizo desaparecer el fuego, sino que lo atravesó. Conoce bien su energía y esperó el momento exacto para poder acertar —respondió Zenrot, sobrecogido.

—Es oficial. Tienes ganas de morir, muy bien. —Freddy estaba furioso. Golpeó el suelo con la vara de su guadaña y empezó a salir humo de la hoja que, poco a poco, tomó la forma de un ser vivo: un monstruo hecho con ojos ardientes de color naranja. No se asemejaba a los Renacidos de fuego.

El robot aprovechó para tirar algo al suelo delante de Zenrot y Keishla.

—Son agujas de adrenalina —dijo el robot—. Los ayudarán a recuperar parte de su energía. No es mucha, pero espero que dure lo suficiente para acabar con este combate.

—¿Quién eres? ¿Por qué nos ayudas? —preguntó Keishla, pero el robot no respondió. Zenrot miró las agujas y se agachó para cogerlas. Le entregó una a Keishla y se clavó rápidamente la otra el muslo. Keishla no se sentía segura usándola, ya que no sabían quién era el robot ni si era de fiar. Zenrot no creía que tuvieran muchas opciones: creían en el robot o morían en manos de Freddy. Convertirse en cenizas no era una idea agradable, así que Keishla también se inyectó la adrenalina.

La invocación de Freddy se hizo lo suficientemente grande como para bloquear la visión del cielo. Parado detrás de Freddy, el monstruo humeante, bufaba de rabia; era como si compartiera los mismos sentimientos que Freddy.

—Te haré pedazos y los quemaré. ¿Qué te hace pensar que puedes derrotarme teniendo partes tan cutres? ¡Ni siquiera estás cerca de ser tan fuerte como mi fuente de energía!

—Confías demasiado en tus habilidades. Solo te enorgulleces de ti mismo, Frederick. Pensé que te había enseñado mejor... —lo sermoneó el robot. No mostraba ninguna inseguridad. El robot sabía de antemano que esto pasaría.

Algo en la última frase activó a Freddy. Miró por encima del hombro y le habló al monstruo de humo.

—Mata a Zenrot y Keishla... Yo me encargaré del robot.

***

La adrenalina los ayudó a recuperarse, así que Zenrot y Keishla se pusieron en posición, listos para luchar. El monstruo estaba cada vez más cerca y se asustaron con solo mirarlo.

—¡Oh, vamos! Esto no es justo... —dijo Keishla.

—Quién hubiera pensado que Freddy tiene tanto poder... —Zenrot habló entre dientes.

Keishla se sintió frustrada al ver cómo el monstruo absorbía humo y niebla para seguir creciendo y haciéndose más fuerte.

—Lo sé, ¿verdad? Esto es pasarse. ¿Qué es? Parece un pedo.

—No importa... ¡saca tu arco y destrúyelo! —gritó Zenrot a Keishla. El monstruo gruñó y empezó a acercarse. Zenrot sacó su revólver y disparó balas de energía, Keishla descargaba flechas de energía con el arco cuchillo. Los ataques atravesaron al monstruo, sin dañarlo. Ambos mutantes estaban aterrorizados: si la energía no podía afectar al monstruo, sería inútil luchar.

—¡Maldita sea! Nuestros ataques son en vano... ¿qué hacemos? —gritó aterrorizada Keishla.

—Parece que toda la fuente de energía de Freddy está concentrada en alimentar esa cosa... ¡Huye! —Zenrot corrió en dirección opuesta al monstruo. Keishla, confundida, lo siguió.

El monstruo levantó una mano y un agujero se abrió en la palma. Apuntó hacia Zenrot y Keishla, y les disparó pequeños meteoritos.

—Dark Boy, ¿hacia dónde nos dirigimos? —le gritó Keishla a Zenrot, muy asustada. Ambos esquivaron los meteoritos mientras avanzaban.

—¡A algún lugar… a cualquier lugar, lejos de esa bestia! Esa cosa es inmune a nuestros ataques, pero obviamente está consumiendo mucha de la energía de Freddy —dijo Zenrot, agitado, mientras huían.

—¿Y qué? ¿Simplemente huimos hasta que desaparezca? ¿Eso es lo que me estás diciendo? —Sonaba decepcionada ante la incapacidad de Zenrot para pensar en un plan más elaborado.

—¿Tienes una idea mejor? —le gritó Zenrot.

Keishla echó un rápido vistazo al monstruo humeante.

—Huir será. —Estaba malhumorada por la situación, aunque reconocía que tampoco tenían otra opción.

—Además, Freddy está tan agotado como nosotros. Esta es su última oportunidad de matarnos. No pasará mucho tiempo hasta que no le quede energía. —Intentó transmitirle a Keishla algo de esperanza, aunque él mismo no estaba seguro. Necesitaba darle una razón para seguir luchando.

—Solo espero que desaparezca antes de que nos asesine —murmuró Keishla. En el fondo, estaba más aterrorizada de lo que jamás había imaginado.

***

Mientras tanto, Freddy y el robot luchaban cuerpo a cuerpo. El robot solo podía defenderse. Parecía haber sido diseñado para realizar movimientos limitados, pero sabía dónde golpear a Freddy, quien luchaba con cautela. Se preguntaba por qué el robot sabía tanto sobre sus habilidades. «Conoce todos mis movimientos y puntos débiles, como si me conociera desde hace mucho tiempo. ¿Quién será?», pensó.

***

Zenrot y Keishla estaban a metros del monstruo que se movía a gran velocidad en su dirección. Cuando el humo tocó el suelo, Zenrot y Keishla dejaron de correr. Más Renacidos de fuego fueron invocados.

—¿Otra vez? —bramó ella, frustrada.

—No hay tantos como antes. La energía de Freddy está casi al límite.

—Aun así… ¡¿cuánta energía puede tener Freddy?! —gritó, corriendo hacia los Renacidos. Quería eliminarlos antes de que convocarán a más.

—¡Keishla, espera! —exclamó Zenrot yendo a ayudarla. El monstruo lo detuvo lanzándole una ráfaga de meteoritos. Zenrot, para poder esquivarlos, tuvo que huir.

Más Renacidos aparecieron en su camino. Zenrot cogió su espada y los rebanó mientras corría, intentando ahorrar toda la energía que pudiera para usar sus habilidades más tarde. Vio a Keishla luchando. Ella intentó usar su telequinesis para levantar sus dagas, pero apenas tenía energía suficiente para hacerlo. Uno de los Renacidos atacó por sorpresa y la golpeó con un puñetazo llameante, tirándola al suelo. Keishla se levantó rápidamente y le lanzó una daga que atravesó la cabeza de su enemigo. Cansada, cayó de rodillas.

—¡Keishla! —Zenrot gritó en la lejanía—. Tenemos que ahorrar lo que nos queda de energía; nuestras armas son todo lo que nos queda. ¡Haz que cuenten!

Keishla sacó sus dagas de la mochila y se levantó.

—Sí, sí... Por cierto, sigo viva, —dijo, ligeramente irritada. Los Renacidos corrían hacia ella, pero Keishla estaba lista para atacar. Cuando cuatro de ellos estuvieron a tiro, les rebanó el cuello y les cortó la cabeza de un solo golpe. Los Renacidos restantes se detuvieron. La miraron fijamente y se acercaron con cuidado—. Muy bien, monstruos, esta es mi oferta. Voy a cortar a cada uno de ustedes tan fuerte que se arrepentirán de haber venido a este mundo. ¿Trato hecho? —Keishla estaba agitada, el sudor cubría su rostro y la sangre coloreaba sus manos. A pesar de su fatiga, sonreía.

***

Freddy se dirigió hacia el robot y le dio un puñetazo en la cabeza, tirándolo al suelo. Ni siquiera intentaba conectar sus ataques. El robot se incorporó lentamente y se dio cuenta de que ya no podía continuar la pelea. Levantó el brazo izquierdo y mostró una pequeña etiqueta que rezaba «Autodestrucción». La activó.

Freddy atacó de nuevo y lanzó una pequeña cantidad de fuego al robot. Advirtió que no se movía ni se defendía. «¿Por qué no se protege? ¿Se está quedando sin energía o algo así?»,

206

pensó. Freddy no tardó en derribar al robot con su guadaña. No obstante, el androide se apagó.

—¡Te tengo! —Freddy gritó de alegría—. ¿No habrás pensado que me matarías con habilidades tan básicas, verdad?

—En lo absoluto... nunca fue mi intención... —El robot se encendió y agarró la base de la guadaña. Se acercó a Freddy—. ¿Cómo podría matar a uno de mis amigos?

Freddy estaba conmocionado.

—¿Qué...? ¿Quién demonios eres?

—Sin embargo —continuó el robot, ignorando la pregunta de Freddy—, estoy dándoles una oportunidad de derrotarte... Una sola, por pequeña que sea... Debilitaré tus habilidades.

—¡¿Qué estás haciendo?! ¡Sea lo que sea lo que hayas planeado, no me derrotarás! —gritó Freddy al robot, pero solo respondió con una risita mecánica.

—Zenrot... Keishla... Frederick... Aunque solo sea una pequeña compilación de datos, fue un gusto verlos a todos una última vez... Adiós —dijo el robot lo suficientemente alto como para que los tres pudieran oírlo.

—No puede ser... ¡Eres tú...! —exclamó Zenrot. Lo entendió todo. El robot enmudeció y su pecho emitió un pitido. El ruido se repitió cada vez más rápido hasta que el torso del robot se abrió por completo. Hubo una enorme explosión, y Freddy soltó la guadaña para cubrirse. La detonación dañó la parte delantera de la armadura de Freddy, pero, al parecer, el objetivo del robot no era herirlo.

La zona, que antes había estado en llamas y llena de nubes grises, estaba tan fría como un glaciar. Nevaba. La bomba había transformado el clima, congelando la humedad del aire y alterando el ecosistema en su radio inmediato. El aliento de Freddy se condensó al exhalar. Hacía frío.

—Bien... —Keishla dijo alargando la palabra—. ¿Qué demonios ha sido eso?

—Una última oportunidad para derrotarlo... —Zenrot le respondió por lo bajo. Rápidamente, cogió su revólver, apuntó a Freddy y le disparó. Freddy lo bloqueó con la hoja.

—¡Oh! ¡Su escudo de fuego... ha desaparecido! —dijo Keishla con alegría.

—El robot era un refuerzo de emergencia en caso de que Frederick enloqueciera con sus habilidades, lo obligó a disminuir su energía. —Zenrot recordó cuando se conocieron. Arashi le había enseñado el expediente de cada mutante y el informe de Freddy incluía su debilidad: las bajas temperaturas. Zenrot la había olvidado por completo, pero el robot la conocía y sabía que ese momento iba a llegar. Solo una persona podría haber ideado semejante plan de respaldo. Astred.

La lucha se haría más sencilla, aunque ellos también estaban agotados por haber peleado durante tanto tiempo. Afortunadamente, el monstruo, desde el momento en que se produjo el cambio en el ecosistema, había comenzado a convertirse en piedra.

—Vaya, qué práctico. —En su rostro se dibujó una sonrisa momentánea. Sostenía sus dagas con las manos y levantó una frente a su rostro. Freddy parecía preocupado, pero todavía podía luchar.

—¿Y? ¿Qué pasa si mi energía se ha reducido? Ambos han

usado demasiada de la suya y no pueden aguantar una pelea en condiciones. ¡Incluso juntos no tienen ninguna esperanza! —dijo Freddy, burlándose mientras enviaba al enorme monstruo hacia ellos.

El monstruo les lanzó un puñetazo a Zenrot y Keishla. Ambos lo esquivaron y el puño azotó el suelo en su lugar. Zenrot y Keishla lo rodearon. Del lado de Keishla habían más Renacidos, y el monstruo decidió concentrarse en Zenrot. El monstruo no podía aventar meteoritos, así que agarraba escombros y se los lanzaba a Zenrot.

Zenrot huyó, algunos Renacidos se interpusieron en su camino y los mató usando la espada. Cansado, dejó de moverse. Los Renacidos de fuego lo cercaron y les disparó con el revólver. Los aniquiló, pero casi no tenía energía y tuvo que bajar el arma para descansar. El monstruo aprovechó la oportunidad y lanzó un gigantesco escombro. Zenrot lo vio venir, pero no podía seguir corriendo. Se apartó, esquivándolo; no obstante, cuando los escombros tocaron el suelo, un trozo de cemento lo golpeó en la frente. Cayó, y la cabeza le sangraba. Estaba demasiado agotado para mover un solo músculo. Miró el cielo y vio al monstruo concentrándose para poder disparar un fuerte meteoro. Keishla mató a todos los Renacidos y luego observó a Zenrot. El monstruo estaba a punto de dar su golpe final.

—¡Zenrot! —Keishla gritó. Corrió con toda su velocidad para salvarlo. El monstruo lanzó el proyectil y Keishla saltó con todas sus fuerzas para apartar a Zenrot. Ambos se alejaron dando tumbos. Keishla, de pie, respiraba agitadamente. No podía más, pero estaba dispuesta a seguir luchando—. ¡No te atrevas a morir, Zenrot! ¿Me oyes? —le espetó. Keishla sintió calor en la espalda, se acercaba otro meteoro.

Sacó una daga de la mochila y la lanzó directamente a la cara del monstruo. Era su único chance. La daga, sorprendentemente, se insertó en la mejilla del monstruo.

Dejó de cargar su siguiente ataque.

—¿Qué dem...? —Freddy estaba tan sorprendido que sus palabras se convirtieron en un grito de frustración primitivo—. ¡El invierno!

—¡Oh! —Keishla estaba impresionada—. Así que ya no es invencible... —Se volvió hacia Zenrot—. ¡Esta es nuestra oportunidad! Apunta a ese pedo de humo con tu revólver y mandémoslo de vuelta al infierno —gritó y cargó contra el monstruo.

Zenrot esbozó una breve sonrisa, se levantó y volvió a sacar su revólver. Apuntó al monstruo y murmuró:

—Recibido. —Le apuntó a las piernas. Las balas de energía las destrozaron y el monstruo cayó, apoyando las manos en el suelo para sostenerse. Keishla se acercó lo suficiente para atacar, pero se puso chula. El monstruo la agarró fuertemente con la mano derecha y solo su cabeza asomaba fuera de su agarre.

—¡Tonto pedorro! Suéltame —gritó agitada, luchando por liberarse. Luego se rio—. Apresarme fue un grave error.

Hacerse capturar había sido su plan desde el principio. Zenrot corrió hacia el monstruo, se acercó a su brazo y lo cortó de un solo y poderoso golpe con la espada. Gritó de dolor. Keishla se soltó y Zenrot retrocedió. Keishla aprovechó la oportunidad para cortarle el otro brazo con su arco cuchillo.

El monstruo ya no podía atacar, era incapaz de moverse.

«Esto no durará mucho... y yo estoy casi sin energía... pero ellos están a un paso de sus tumbas. Mejor tomar la oportunidad ahora», Freddy pensó.

—Una vez que acabemos con esta criatura... Freddy no podrá invocar más de sus bichos debido a su reducida energía —le dijo a Keishla.

—Sí, pero no tengo fuerzas. Solo puedo luchar de cerca —le comentó Keishla, preocupada.

—Yo también estoy fuera... No perdamos más tiempo. Acabemos con esto de una vez por todas —dijo Zenrot, motivado.

—¡Claro que sí! —Keishla respondió.

Juntos corrieron hacia el monstruo para acabar con él. Freddy vio que se acercaban y aprovechó el momento. Cargó una última bola de fuego. Cuando Zenrot y Keishla pasaron cerca del monstruo, Freddy la lanzó, llevando al límite la poca energía que le quedaba.

—¡Ahora todos morirán! —Freddy gritó. Su intención era generar una explosión lo suficientemente grande como para hacerlos volar en pedazos. Freddy sabía que sobreviviría, pero a costa de su armadura.

Zenrot observó cómo la bola de fuego chocaba con el núcleo de energía del monstruo. Reaccionó rápidamente, se situó delante de Keishla y los cubrió con la hoja de la espada. No era mucho, pero aún tenían su armadura, aunque estuviera dañada. Esperaba que fuera suficiente para sobrevivir al estallido. La bola de fuego impactó de lleno y provocó una monumental detonación. Los tres fueron empujados por la onda expansiva y aterrizaron cerca del otro. La explosión tardó en disiparse. El calor, intenso, había empezado a derretir la nieve y el campo de batalla se cubrió de humo.

Unos segundos después, Zenrot se levantó lentamente.

—Keishla, ¿sigues viva?

Ella se puso de pie a su lado.

—Lo estoy, pero mira... nuestra armadura ha desaparecido.

—Se despojaron de las piezas que les quedaban, vestían únicamente sus uniformes de la FEM.

—Sí... —dijo Zenrot—. Una ráfaga de Freddy y seguro seremos polvo. —Zenrot se echó a reír—. Por cierto —comentó dirigiéndose a Keishla con una sonrisa—, me has llamado por mi nombre por primera vez. Me halaga saber que soy oficialmente un amigo.

—Pff... ¡Cállate! —Ella apartó la mirada y prestaron atención a Freddy. Estaba de pie, con una mano se sujetaba la cintura y con la otra empuñaba la guadaña. La explosión lo había herido, pero Freddy no pensaba en las consecuencias. Caminó lentamente hacia Zenrot y Keishla.

—Parece agotado —observó Keishla—, aunque aún no hemos luchado directamente contra él.

—Ese monstruo gigante que invocó no fue su mejor decisión. Nos forzó hasta nuestros límites, pero el invierno artificial agotó sus capacidades. Ya debería estar sin energía —le dijo Zenrot a Keishla, con la espada preparada para luchar.

Keishla rio cínicamente y se inclinó con su cuchillo en mano.

—Supongo que derribar a ese pedorro no fue un desperdicio después de todo.

Freddy cargó una pequeña cantidad de energía en la mano. Zenrot y Keishla adoptaron una posición defensiva, supusieron que se avecinaba otro ataque con bolas de fuego. Freddy, en cambio, golpeó el suelo, y produjo una voluminosa nube de niebla tan oscura que apenas podían ver. Keishla lanzó una de sus dagas a donde Freddy había estado de pie; la fuerza del lanzamiento abrió un camino recto a través de la niebla.

Freddy no estaba allí.

—¿Salió corriendo? —preguntó Keishla. Oyó pasos que se acercaban por detrás de Zenrot. Pudo ver vagamente una sombra acercándose—. ¡Detrás de ti!

—¡¿Dónde?! ¡Agh! —Zenrot gritó con todo el aire de sus pulmones. Era demasiado tarde.

—Por fin te tengo... —dijo Freddy, aliviado. Había apuñalado a Zenrot por detrás con su guadaña, la punta de la hoja atravesaba el abdomen de Zenrot. Cerró lentamente con la hoja hacia arriba, desde el estómago hasta el pecho, abriendo la herida. La sangre brotó del cuerpo de Zenrot y de su boca. Intentó levantar la espada, pero no podía moverse. Como su cuerpo no cooperaba, la dejó. El mundo se desvaneció y él empezó a perder el conocimiento.

—¡Zenrot! —gritó Keishla. Corrió a ayudarlo lo más rápido posible. Freddy esperó a que ella se acercara lo suficiente para patearla con fuerza en las costillas y alejarla. Ella cayó al suelo, trató de levantarse y ayudar, pero no podía. El dolor era demasiado fuerte, no la dejaba moverse.

Freddy se centró de nuevo en Zenrot y se acercó para susurrarle al oído:

—Habría disfrutado cortando cada parte de tu cuerpo... quemándolas... y oyéndote gritar antes de matarte, amigo mío. Pero ya no tengo ganas de jugar. No es nada personal.

Zenrot se esforzó por levantar la cabeza y soltó una risita.

—Déjame adivinar... ¿solo negocios?

—Correcto. —Freddy esbozó la más marcada sonrisa y se echó hacia atrás, irguiéndose por completo—. Adiós, Zenrot. —Freddy arrancó la guadaña del pecho de Zenrot, quien cayó de rodillas antes de desplomarse.

—¡Zenrot! ¡No! ¡Por favor, no te mueras! ¡Por favor! —Keishla gritó su nombre repetidamente, pero él no respondió. Sus ojos se cerraron, Zenrot estaba inmóvil. No respiraba, ni siquiera se oían los jadeos y gorgoteos que emitió al intentar tomar aire.

Freddy observó a Keishla y sacudió despreocupadamente su guadaña para deshacerse de la sangre.

—Eres la única que queda. La única persona que conoce mi pasado y que podría detener mi futuro. —Su mirada era malvada y tenía una sonrisa enfermiza en la cara mientras hablaba.

—¡Bastardo! ¡Te odio, joder! —Keishla intentó levantarse—. ¡Se suponía que éramos amigos! ¡Se suponía que volveríamos a la cima de la montaña cuando terminara la guerra para reunirnos los tres! ¿De verdad no significamos nada para ti? —Keishla volvió a caer al suelo. Levantó la cabeza y miró a Freddy mientras se apretaba las heridas con la mano—. ¿Vas a matarme a mí también?

—Podría matarte ahora mismo —se acercó lentamente a Keishla—, pero sería desperdiciar un espécimen. Deberías unirte a mí, Keishla.

—¿De qué coño estás hablando?

—Tú y yo somos iguales, creados por los humanos para sus propios fines, pero ya no. Podemos impedir que hagan más creaciones, más abominaciones. Juntos, ni Art Gun ni nadie podrá detenernos. Los no mutantes creen que nosotros somos la amenaza, cuando es al revés. Piénsalo, un mundo de paz solo para nosotros. —Le ofreció la mano para sellar el acuerdo—. ¿Qué dices? —Freddy ladeó la cabeza y escuchó un ruido extraño, cada vez más fuerte. Le arrebató dos dagas que flotaban a Keishla. Una energía ardiente se arremolinó en sus manos y las convirtió en cenizas. Miró a Keishla, se mofó y le dio un puñetazo en la mejilla—. Qué pena...

—Je... ¿Crees que me uniría a ti después de mataras a mi amigo? Además, soy muy diferente a ti. Nunca abrazaría la crueldad que tú tienes.

—Créeme, no somos tan diferentes —Freddy habló con seguridad—. Voy a preguntarte esto... ¿Quién eras antes de la guerra? ¿Qué recuerdas? —Keishla empezó a pensar, recordó haber tenido una familia, pero no sabía ni quiénes eran. Su mente quedó en blanco.

—Eso es lo que pensaba... —Freddy agarró del pelo a Keishla y la obligó a levantarse. Ella gritó de dolor debido a sus costillas rotas—. ¡Vamos! ¡Lucha! —Freddy la empujó y pateó su arco—. Esta es tu última pelea. Si no quieres unirte a mí, al menos dame un buen espectáculo antes de que te mate.

Keishla se agachó, su cuerpo temblaba mientras recogía el arma.

—Haré todo lo que esté en mis manos... ¡gastaré hasta el último gramo de fuerza que me quede para detenerte!

—Ese es el espíritu... —dijo Freddy, sonriendo. Corrió hacia Keishla, balanceando su guadaña. Keishla se mantuvo firme y se defendió con el arco cuchillo, esquivando sus ataques. Sin embargo, sus brazos estaban entumecidos y cada movimiento le causaba un gran padecimiento. Freddy aprovechó su debilidad y le hizo cortes en los brazos. Keishla gritó de dolor, sus heridas sangraban, pero aun así siguió luchando.

Volvió a atacar a Freddy. Blandió el arco cuchillo tan agresivamente como pudo. Ni un solo golpe tocó a Freddy. Él fue capaz de bloquear cada uno de los ataques sin esfuerzo. Freddy hirió una de las piernas de Keishla, lo que la obligó a caer sobre la rodilla de la otra. Ella cogió la última daga que le quedaba y se la lanzó a Freddy. Él la esquivó, y luego se acercó blandiendo la guadaña para lastimarla. Ella evadió el arma, pero no fue suficiente. La punta de la guadaña le abrió una incisión desde el pecho hasta el estómago. Jirones de su camisa volaron, empapados de sangre.

Freddy sostuvo la guadaña en alto para cortarle la cabeza a Keishla, pero ella volvió a echarse hacia atrás. Freddy logró alcanzarla con el filo del arma y le cortó el párpado del ojo izquierdo.

—¡Agh! —Keishla se llevó la mano al ojo, intentando detener la hemorragia—. ¡Maldito monstruo! ¿Eso es todo lo que tienes? —Todavía tenía su característica arrogancia.

—Eso no es nada. —Freddy apartó a Keishla de una patada. Ella cayó al suelo, cerca del cuerpo de Zenrot, boca arriba, y Freddy se sentó encima. Soltó la guadaña y cerró el puño. Golpeó a Keishla en la cara una y otra vez. Fue implacable, no dejó de golpearla hasta que se cansó.

Keishla tenía los ojos cerrados y la cara llena de sangre y magulladuras. El campo de batalla permaneció en silencio. Entonces, Keishla empezó a toser.

—Me sorprende que aún estés consciente. —Freddy se levantó, agarró a Keishla por debajo de un brazo y la arrastró hasta ponerla en pie. Antes de que pudiera apartarse o perder el equilibrio, le dio una patada en el estómago, haciéndola rodar por el suelo. Freddy cogió su guadaña y se acercó—. Tengo que admitirlo... tú y Zenrot dieron una buena pelea. La pelea del siglo... aunque me temo que aquí es donde nos separamos. ¿Algunas últimas palabras, compañera? —preguntó Freddy. Keishla permaneció en silencio, manteniendo la mano izquierda sobre el ojo—. ¿Ninguna? Muy bien...

Freddy levantó su guadaña, a punto de cortar a Keishla por la mitad. La mano que ella tenía sobre el ojo se desplazó hacia su cabello, tomando con fuerza los cuchillos ocultos que sostenían su coleta. Los lanzó directamente a la cara de Freddy. Él echó la cabeza hacia atrás, se llevó una de las cuchillas a la boca y en sus labios se dibujaron cortes que sangraban.

—No vuelvas a llamarme compañera. Espero que te atragantes con eso. —Keishla, desafiante, pronunció sus últimas palabras.

—¡Bastarda! —espetó Freddy, irritado. Levantó la guadaña para matar a Keishla de una vez por todas, pero no pudo asestar el golpe. Alguien sujetó el bastón de la guadaña—. ¿Pero qué...? —dijo Freddy, asustado.

Keishla jadeó, impactada al ver a Zenrot de pie.

—¡Imposible! ¡Se supone que estás muerto! —Freddy gritó, desesperado. Zenrot se acercó a Freddy y lo agarró del cuello; lo apretó lo suficientemente fuerte como para desconcentrarlo y hacer que tirara la guadaña. Zenrot soltó un gruñido, pero no emitió palabra alguna. Empujó a Freddy bruscamente contra el suelo, golpeándole la cabeza antes de levantarlo en el aire. Las piernas de Freddy colgaban indefensas. Golpeó el brazo de Zenrot para liberarse, pero él lo lanzó lejos y aterrizó de bruces en el suelo. Freddy se giró para mirar a Zenrot de arriba abajo, la confusión se extendió en su rostro al notar algo extraño en él.

—¿Qué eres? —exclamó. Los ojos de Zenrot se habían tornado gris oscuro, como si se hubiera quedado ciego. Su piel había desarrollado un patrón de manchas que parecían metálicas, y las venas, más visibles que antes, eran de color plata.

«Eso no es Zenrot... ¿Qué demonios está pasando?», se preguntó Keishla.

Zenrot estiró los brazos, miró al cielo y gritó. Sonaba humano, pero también como una máquina. El grito polifónico consolidó el hecho de que Zenrot era algo más. Empezó a liberar inmensas cantidades de energía. El suelo tembló y se resquebrajó, y el viento sopló con fuerza hacia Freddy.

—Esta energía... no es suya… ¿«Proyecto V»? —Freddy sonaba aterrorizado. Se preguntó cómo iba a luchar contra algo así, sobre todo cuando no tenía casi energía.

Zenrot corrió inesperadamente rápido, aún más que Keishla.

—¡No seré asesinado por un estúpido proyecto científico! —gritó Freddy, manteniéndose en posición para defenderse. Zenrot chocó contra él y, en un instante, golpeó a Freddy en la cara. Ambos cayeron al suelo; Zenrot aterrizó encima de Freddy. Lo sujetó fuertemente del cuello para que no pudiera escapar fácilmente. Zenrot cerró el puño con fuerza, sus nudillos se estiraron y crujieron. Golpeó a Freddy en la cara con tanta fuerza que le hizo sangrar la frente. Le rompió la nariz y, en su piel, tanto en el área de los ojos como en las mejillas, aparecieron moratones. Zenrot concentraba la energía del «Proyecto V» en su puño.

Cuando estaba a punto de asestar el último golpe, Freddy se convirtió en una estela de humo que se dispersó en el suelo hasta Keishla, donde volvió a recobrar su cuerpo. Freddy escupió sangre y se afirmó sobre una de sus rodillas, mirando a Zenrot con una mezcla de sorpresa y decepción.

—Vaya final. ¡Debe ser una broma que me mate esa cosa! —dijo Freddy con tristeza. Se rio y, a pesar de lo lastimado que estaba su rostro, logró esbozar una breve sonrisa—. Parece que no cumpliré mi objetivo después de todo. Antes de morir... —Buscó en un bolsillo y le arrojó a Keishla lo que encontró dentro.

Ella lo cogió al vuelo. Era la foto que se habían hecho unos días antes de la misión.

—Solo tuvieron tiempo de hacer una y, ¡agh! —se quejó—. Astred me la dio. Dijo que era una señal, que me ayudaría a pensar bien antes de tomar una decisión. —Se estremeció y el movimiento hizo que una gota de sangre brotara de las heridas de su rostro—. Realmente me cuidó, incluso después de elegir mi camino. —Freddy rio—. Astred siempre iba un paso por delante de nosotros. Es curioso porque en lugar de ser nuestro compañero, fue más como nuestro padre. —Miró a Keishla por encima del hombro—. Estoy seguro de que tú piensas lo mismo. —Luego cayó. La sombra de Zenrot se acercaba, avanzaba lentamente hacia él—. Dejé que mi ira y odio me controlaran... Espero que tú no hagas lo mismo. Sé mejor que esto... mejor que yo... Lo siento.

—Solo tengo una pregunta —dijo Keishla—. ¿Cómo demonios no se quemó la foto mientras luchabas?

Freddy ahogó la carcajada que brotó con fuerza de su pecho; no podía creer que eso fuera lo primero que le vino a la mente.

—Mantén vivo tu humor, lo necesitarás... Nos vemos en otra vida, Keishla —le dijo—. Si voy a morir así —le gritó a Zenrot, pero sobre todo al «Proyecto V»—, ¡al menos te llevaré a la tumba conmigo! —Freddy corrió hacia su guadaña, la recogió del suelo y se abalanzó sobre Zenrot. Le propinó un agresivo golpe que le cortó cuerpo. Freddy lo apuñaló con la punta de la hoja, pero Zenrot no reaccionó. No parecía sentir dolor.

Zenrot agarró la vara de la guadaña, tiró de ella mientras Freddy seguía aferrado. Le dio un cabezazo a Freddy lo bastante fuerte como para que soltara la guadaña, mareado. Zenrot sujetó la hoja con la mano izquierda aunque el filo lo cortara. Sin siquiera esbozar una mueca, arrugó la hoja y partió el bastón por la mitad contra su rodilla. Lo arrojó lejos del campo de batalla y luego reanudó su implacable persecución. Freddy disparó bolas de fuego muy pequeñas con sus manos, pero estallaron contra Zenrot sin causarle ningún daño. Se estaba quedando sin opciones y solo le quedaba una cosa. Puede que no matara a Zenrot, pero valía la pena intentarlo. Freddy se llevó las manos al pecho y cargó toda la energía que le quedaba para asestar el golpe final.

Zenrot estaba cada vez más cerca.

Freddy pensó en su pasado y en sus acciones, en el odio que sentía por todos y en que había intentado matar a Zenrot y Keishla... Se sintió verdaderamente avergonzado. Decepcionó a Astred y falló como amigo.

—Lo siento mucho, Astred —dijo Freddy. Fueron sus últimas palabras. Al acercarse Zenrot, explotó. El torrente de energía liberada del cuerpo de Freddy provocó una enorme explosión que casi alcanzó a Keishla.

Ella solo vio una luz brillante y creyó que ambos habían volado en pedazos. Sin embargo, cuando la luz se desvaneció, uno de los dos seguía en pie. Era Zenrot. Su piel estaba quemada, pero se regeneraba rápidamente, probablemente debido a la manipulación genética del «Proyecto V».

—Está muerto... Frederick Crossvelt está muerto —dijo Keishla, conmocionada por lo que había presenciado y poniéndose en pie temblorosamente. Zenrot emitió un pequeño Renacido y empezó a correr hacia Keishla—. ¿Zenrot? —preguntó ella, preocupada.

Zenrot le dio un puñetazo lo suficientemente fuerte como para hacerla caer.

—¡Ah! ¡El bastardo me rompió el resto de las costillas! —gritó adolorida. Zenrot se quedó quieto, mirándola, estremeciéndose mientras lo hacía.

Keishla supo que Zenrot había sido infectado.

—Sé por qué el «Proyecto V» te hizo agujeros en los brazos. No te estaba quemando por dentro, te estaba inyectando un virus

—dijo aun tendida en el suelo. Zenrot le lanzó un puñetazo, pero falló y cayó al suelo. Keishla, desesperada, rodó y se alejó, cojeando y dejando el arco cuchillo en el suelo. Se rodeó la cintura con los brazos para apaciguar el dolor.

—¿Cuánto tiempo vas a seguir jugando, Zenrot? —bramó para que él pudiera ser consciente de sus acciones. Zenrot le dio otro puñetazo, más despacio. «Está luchando contra sí mismo», pensó Keishla, y tuvo la sensación de que Zenrot seguía ahí dentro, en alguna parte, luchando con el «Proyecto V»—. ¡Zenrot! Sé que estás ahí, ¡despierta! —Esquivó uno de sus ataques, mientras intentaba encontrar la forma de devolverlo a su estado normal—. Escúchame, cabrón —dijo agresiva—. Después de acabar con cientos de vidas y destruir incontables máquinas... por fin podemos librarnos de Art Gun, ¿y vas a dejarte dominar por esa mierda de proyecto?

Zenrot gruñó de rabia, retiró el puño y golpeó a Keishla en la cara. Ella levantó las manos y se inclinó hacia el suelo. El revólver de Zenrot cayó de la funda, pero no lo notó... ni le importó.

—Ni siquiera eres capaz de ofrecer una resistencia decente —se burló Keishla, tratando de hacer entrar en razón a Zenrot. Se arrastró hasta el revólver de Zenrot; él caminó con las manos hacia abajo y la espalda torcida en dirección contraria, hacia el arco cuchillo de Keishla. Lo tomó al mismo tiempo que Keishla recogió el revólver. Ella se levantó, apoyándose con la mano izquierda en el suelo, y se impulsó mientras sostenía el revólver en el brazo derecho. Le temblaban las piernas.

Zenrot corrió hacia Keishla. Sostenía el arco cuchillo en

la mano derecha y estaba dispuesto a blandirlo con todas sus fuerzas. Ella apuntó a Zenrot. Keishla lo miró con auténtica pena en los ojos.

—No quiero dispararte, Zenrot. —Miró al suelo, conteniéndose y luchando por no sucumbir al llanto y a la tristeza. Él se acercó lo suficiente como para atacarla, listo para cortarla por la mitad—. ¡Por favor, Zenrot, necesito a mi compañero de vuelta! —gritó, y enfatizó la última palabra con la cruda desesperanza de su voz.

La punta de la hoja del arco cuchillo se detuvo bruscamente al tocar su cuello. Zenrot luchó consigo mismo, contra el «Proyecto V» para volver en sí. Cayó de rodillas, gritando, y golpeó el suelo. Su ojo izquierdo cambió, el ojo gris se desvaneció y reveló su ojo rojo, normal, con la pupila negra. Respiró hondo y se arrodilló ante Keishla.

—Gracias... —Zenrot dijo, agitado.

—¡Gracias a Dios has vuelto! —Keishla bajó el arma, feliz de ver a Zenrot. Él le lanzó desesperado el arco cuchillo con una cara de miedo que ella nunca había visto. El arco cayó a sus pies.

Zenrot respiró con dificultad y con evidente dolor.

—Ahora... acaba conmigo, Keishla. Mátame, ¡por favor! —gritó. La mancha plateada en su cara era cada vez más grande.

—¿Qué demonios te pasa? Acabas de luchar contra ese baboso del «Proyecto» y has vuelto, ¡hazlo otra vez! No seas dramático —dijo en broma. Zenrot, por la forma en que hablaba, iba en serio. Se sujetó la cabeza con ambas manos, luchando consigo mismo.

—Escucha... esta cosa está controlando mi cuerpo y

mi mente —dijo Zenrot mientras estiraba los brazos hacia delante, intentando asfixiar a Keishla. Tras un momento, apartó rápidamente las manos de ella—. ¡Estoy luchando solo para no matarte ahora mismo! Así que, por favor, acaba ya conmigo. —Zenrot se acercó a Keishla, recogió el arco cuchillo y se lo entregó. La obligó a sujetarlo con fuerza y se miraron fijamente—. Después de todo, dijiste que si alguna vez fuéramos enemigos, tú eras quien debía cortarme la cabeza, ¿verdad?

—Pero...

—¡Sin peros! —la interrumpió—. Si no me matas ahora mismo, estarás muerta. ¡Y yo seré un asesino loco! Así que por favor, ¡date prisa!

—No debía acabar así. —Keishla no podía mirarlo a los ojos. Contuvo las lágrimas, ella sabía que debía matar a Zenrot por la fuerza.

—Lo siento, Keishla... pero no podré aguantar mucho más, así que por favor hazlo rápido.

Keishla buscó el ángulo adecuado para decapitar a Zenrot de un solo golpe. Se estaba haciendo la dura delante de él, pero la calma era una fachada que solo existía porque reprimía sus emociones.

—Yo soy la que lo siente... hasta luego, Zenrot —dijo. Levantó el arma para decapitarlo, sin embargo, no pudo soportarlo ni cortarle la cabeza. En lugar de eso, lo apuñaló en el pecho, atravesando su espalda. Keishla se alejó mientras Zenrot sucumbía al golpe, cerraba los ojos y se desplomaba en el suelo. Sintió que el mareo la abrumaba y cayó junto a él.

En el campo de batalla vacío y silencioso, empezó a llover. Un camión se acercó y se detuvo cerca de los cuerpos inconscientes de Zenrot y Keishla. Desde el asiento del copiloto, alguien abrió la puerta para luego salir del camión.

—Finalmente el espectáculo ha terminado.

AGRADECIMIENTO

La parte más difícil para mí en escribir esta serie fue este libro en específico. Hay tantas maneras en que podría haber resultado. Sin embargo, este fue el resultado más satisfactorio (al menos para mi, jaja). No se preocupen; hay más por venir. Aquí fue donde empecé en 2015, boceteando con la historia, pensando en el conflicto y desarrollo entre estos personajes en específico. Zenrot será mi personaje primordial, pero Keishla, Frederick y Astred fueron personajes claves e importantes. Estos cuatros personajes nunca salieron de mi mente, y fueron unas de las inspiraciones para terminar «Una guerra por los mutantes».

Quiero dar las gracias a mi familia, amigos y lectores de todo el mundo que me han respaldado a mí y a la serie «Una guerra por los mutantes». Esto no se pudo lograr sin su ayuda. Ya sea que me ayudaran a escribir esta historia mejor o simplemente me alentaran a nunca dejar de escribir. Estoy eternamente agradecido.

Gracias Yeshmarie por seguir apoyándome desde el primer día que inicié con esta historia. Jan Valentin, gracias por recibir tantos libros en tu casa, ya que no me podían llegar directo a mí, tú tuviste que aguantar la carga y ayudarme a recibirlos siempre.

SOBRE EL AUTOR

Alberto es un escritor puertorriqueño que vive en el pueblo de Trujillo Alto. Pasa la mayor parte del tiempo del sábado por la mañana en una biblioteca, ya sea escribiendo o tomando una taza de café mientras lee un buen libro. Es licenciado en diseño gráfico, le encantan los videojuegos y, si tiene algo de tiempo libre, toca un poco de música. Los géneros favoritos de Alberto son la ciencia ficción, la fantasía y los libros de suspense.

SIGUELO EN LAS REDES SOCIALES

WWW.ALBERTOCRUZPEREZ.COM